KB078171

FUSION FANTASTIC STORY

자미소 장편소설

# GRAND SLAM

그랜드슬램

# 그랜드슬램 3
자미소 장편소설

초판 1쇄 찍은 날 § 2016년 12월 19일
초판 1쇄 펴낸 날 § 2016년 12월 26일

지은이 § 자미소
펴낸이 § 서경석

편집책임 § 이창진

펴낸곳 § 도서출판 청어람
등록번호 § 제387-1999-000006호
등록일자 § 1999. 5. 31
어람번호 § 제1-2585호

주소 § 경기도 부천시 부일로 483번길 40 서경B/D 3F (우) 14640
전화 § 032-656-4452 팩스 § 032-656-4453
http://www.chungeoram.com
E-mail § chungeorambook@daum.net

ⓒ 자미소, 2016

ISBN 979-11-04-91096-8 04810
ISBN 979-11-04-91038-8 (세트)

# C O N T E N T S

Chapter 17
**교차되는 기억**

"이야~ 말쑥하게 빼입으니 우리 선수들 참 예쁘고 멋있네요."

박정훈이 카메라의 셔터를 연신 누르며 깔끔하게 차려입은 영석과 진희, 이재림을 칭찬했다. 셋 모두 기자와의 취재나 인터뷰에 익숙했기 때문에 좋은 사진이 찍히길 기대하며 살며시 웃었다.

"다음 사진은 모두 트로피를 들고 찍을까 하는데… 어때요?"

"괜찮아요."

영석은 바로 답했다. 진희도 고개를 끄덕였다.

"…좋습니다."

이재림은 혼자만 트로피의 모양이 다른 게 영 속이 상했는지 기분이 안 좋아 보였다.

영석과 진희는 컵 모양의 거대한 트로피였지만, 자신은 접시 모양의 트로피였기 때문이다. 그것이 뜻하는 바는 단 한 가지, '준우승'이라는 것이다.

　영석은 속이 상한 게 노골적으로 느껴지는 이재림을 힐끗 봤지만, 딱히 아무런 말을 하지 않았다. 이 부분만큼은 어쩔 수 없으니 말이다.

　박정훈이 카메라 파인더에 눈을 대자 이재림의 불퉁거리던 얼굴이 순식간에 미소로 물들었다. 영석의 충고가 이재림을 더욱더 성숙하게 만든 것이다. 내심 만족한 영석도 웃음을 띠며 카메라를 응시했다.

　찰칵찰칵.

　셔터 소리가 연신 방 안을 울렸고, 카메라를 내려놓은 박정훈이 펜과 수첩을 들어 질문하기 시작했다.

　"우선 세 선수 모두 축하드립니다. 재림 군은 처음으로 해외 원정을 오게 됐는데요, 어땠습니까?"

　이재림이 그 질문에 나름 성심성의껏 대답했다.

　"지금까지는 학교 친구들하고 같이 대회를 참가했습니다. 개인전을 할 때도 어쨌든 '같은 소속'으로서 많이 의지가 됐었죠. 해외 원정과는 그 부분이 가장 큰 차이입니다. 모든 게 많이 낯설어서 겁먹고 위축됐었습니다."

　이재림은 제법 조리 있게 답했다.

　박정훈은 날카로운 눈으로 이재림을 헤집듯 살펴보더니, 비수와도 같은 질문을 했다.

"그래서였을까요, 이영석 군과의 경기는 다소 일방적인 방향으로 전개가 됐는데… 아쉽거나 한 점은 없습니까?"

듣고 있던 영석과 진희가 숨을 헉 들이켤 정도로 비수 같은 질문이었다. 박정훈이 6 : 0, 6 : 0, 6 : 0으로 끝난 결승전을 상기시켰기 때문이다. 하지만 이재림은 고개를 저었다.

"그건 아닙니다. 제가 낯선 환경에 심리적으로 위축될 수는 있어도, 그 감정을 코트에까지 끌고 갈 정도로 바보 같진 않거든요. 분명 결승전 스코어는 이영석 선수와의 실력 차이 그대로였습니다. 개인적으로는 형택이 형과의 시합이라고 생각될 정도였습니다."

"이형택 선수 말입니까?"

박정훈이 재차 확인하듯 물었다.

듣고 있는 영석과 진희만 이형택이라는 이름에 놀랐고, 이재림과 박정훈은 놀라지 않았다.

"네. 얼마 전 전국체전 우승했을 때, 형이 드디어 시합을 같이 해주셨거든요. 그때도 0 : 6, 0 : 6으로 졌었습니다. 그때랑 이번 시합이랑 느낌이 비슷했어요."

이재림이 쓰게 웃었다.

자신의 입으로 자신의 패배를 되새기는 것만큼 씁쓸한 것이 어딨겠는가.

'성격이 괜찮군. 그릇이 큰 건가?'

이재림의 인터뷰를 살펴보던 영석이 고개를 끄덕이며 잠시 추억에 빠졌다.

'이형택 선수⋯⋯.'

\*　　　　\*　　　　\*

"이야, 이거 캘린더 그랜드슬램을 달성한 영석 선수 아닙니까? 드디어 뵙게 되는군요. 반갑습니다, 이형택입니다."

휠체어에 앉아 연습을 하고 있는 영석에게 다가온 스포츠머리의 순박한 청년이 밝게 웃으며 몸을 낮춰 악수를 청했다. 영석과의 나이 차이가 10년 가까이 났지만, 그는 결코 거들먹거리지도 않았고, 오히려 존경의 뜻을 표했다.

"이형택 선수⋯ 앉아서 악수를 받게 되는 점 양해 부탁드립니다."

영석이 내민 이형택의 손을 굳게 마주 잡고 씨익 웃었다.

둘 다 명실공히 한국 테니스의 희망이자 거성(巨星)이었다. 처음 만나게 됐지만 이야기는 익히 들어 알고 있었다.

"이번에 은퇴하신다고요."

영석의 말에 이형택은 머리를 긁적이며 답했다.

"이것 참⋯ 요즘 들어 투어가 벅차게 느껴져서요. 나이도 있고⋯⋯."

그 후로도 꽤 얘기를 나눈 영석과 이형택은 차를 한잔하면서 담소를 나누었다.

"아, 아카데미를 만드신다고요⋯⋯?"

영석이 묻자 이형택은 순박하게 웃으며 답했다.

"영석 선수도 알다시피 우리 테니스계가 좀 후진적입니까. 전 세계를 떠돌며 투어를 돌다 보니 자연스럽게 그들의 체계를 배우게 됐습니다. 앞으로 커나갈 후배들은 저처럼 시행착오를 안 거쳤으면 좋겠어서……."

"훌륭한 생각입니다. 역시 최고의 선수는 생각하는 것마저 훌륭하군요."

영석이 크게 동감하며 고개를 끄덕이자 이형택이 손사래를 쳤다.

"어휴, 훌륭하긴요. 많이 도와주시면 좋겠습니다."

이형택의 겸양을 흘려들으며 차를 후르륵 마신 영석이 찻잔을 가볍게 놓으며 자조적으로 말했다.

"제가 뭐라고 도와드리겠습니까."

가벼운 담소 속에서 그 자조는 날카로운 칼처럼 헐거운 분위기를 일순간에 차갑게 만들었다.

쾅!

이형택은 탁자를 내려치며 정색했다.

찻잔이 넘어지려는 모습도 갑자기 일변한 분위기 때문에 두 선수의 이목을 집중시키지 못했다.

"무슨 말씀이십니까. 세계에서 가장 훌륭한 선수지 않습니까."

깜짝 놀란 영석이 말을 얼버무렸다.

"아, 아니… 전 휠체어 선수고……."

이형택은 단호하게 영석의 말을 잘랐다.

"아니, 이영석 선수, 당신만큼의 업적을 쌓은 선수가 전 세계에 어디 있습니까. 전 당신이 스포츠 역사상 가장 위대한 선수라고 생각합니다."

"……."

"제가 존경하는 선수는, 로드 레이버도 아니고, 피트 샘프라스도 아닌, 바로 당신입니다. 부디… 그런 말씀은 앞으로도 하지 마세요."

마지막에 가서는 조금 목소리를 떤 이형택이 영석의 손을 꽉 붙잡았다.

그 타는 듯한 눈빛에 영석은 아무런 말을 할 수 없었다.

*         *         *

"…이영석 선수?"

잠시 전생을 회상하던 영석을 박정훈이 재차 불렀다.

"…네?"

영석의 눈에 이채가 돌아오자 살짝 한숨을 내쉰 박정훈이 질문했다.

이미 진희의 인터뷰도 끝난 건지, 모두가 지루해하고 있었다.

"다시 질문드리겠습니다. 우승 축하드립니다. 소감을 듣고 싶은 팬들에게 한 말씀 하신다면……?"

살짝 고개를 흔든 영석이 순식간에 머릿속으로 멘트를 정리하고 답했다.

"우선, 우승하게 돼서 매우 기분이 좋습니다. 이때까지 속앓

이하셨을 부모님에게도 효도한 기분이 들고요. 무엇보다 현지에서 응원해 주신 한국 분들에게 감사합니다. 그분들 덕분에 결승전까지 무난하게 올라갔습니다."

"앞으로의 계획은 어떤가요?"

"일단 귀국을 한 후에 계약을 마무리 짓고, 다시 투어를 다닐 예정입니다. 되도록 한국인으로서 ATP 투어 최초 우승을 해보고 싶네요."

'미안합니다, 이형택 선수. 많은 영광을 제가 가져갈 겁니다.'

ATP 투어에 우승한 최초의 한국인으로 이름을 남긴 선수는 이형택이다.

남자 프로 테니스(ATP) 투어 아디다스 인터내셔널 단식에서 우승함으로써 한국 테니스의 출발을 알렸던 것이다.

미래를 아는 영석으로서는 최대한 이형택 선수와 겹치지 않는 투어 일정을 구상해 놓고 있었다.

"포부가 크네요. 아참, 2002년에 부산에서 아시안게임이 열리는 건 알고 있습니까?"

박정훈 기자가 마치 비밀이라는 듯 셋에게 속삭였다.

사실, 비밀이라고 할 것도 없기 때문에 셋은 박정훈 기자를 멀뚱하게 쳐다볼 뿐이었다.

머쓱해진 박정훈이 다시 종이에 시선을 두며 질문했다.

"특히 영석 선수와 재림 선수는 병역 문제가 걸려 있는 만큼, 관심이 많으실 거라 생각됩니다."

"물론이죠. 불러만 주신다면 좋은 성과를 내도록 최선을 다

할 겁니다."

영석이 다소 전형적인 답변을 내놓자, 박정훈은 이재림을 바라봤다.

"선배님들도 많이 계시는데… 저를 부르기야 하겠습니까마는, 불러주신다면 저도 최선을 다할 겁니다."

그렇게 인터뷰가 끝나고 셋이 한데 모여 다시 사진을 찍고 난 후, 박정훈이 말했다.

"수고하셨습니다. 피곤하실 텐데 좀 쉬시죠. 더 이상 시간을 끌었다간 제가 혼나겠습니다, 하하."

조금 열린 방의 문틈을 바라본 박정훈이 난색을 표했다.

영석의 모친 한민지가 빨리 끝내라는 듯 곱지 않은 눈길을 주고 있었던 것이다.

*         *         *

"건배!"

쨍그랑, 영롱한 소리와 함께 서로의 잔이 가볍게 충돌했다.

레스토랑 하나를 하루 전세 내어 영석과 진희, 그리고 이재림의 입상을 축하하는 파티가 열렸다. 영석과 진희, 이재림의 가족은 물론이고, 영애와 아카데미의 직원들 수십 명까지 참여한, 그야말로 호화로운 파티였다.

"야호!! 케이크다!"

건배를 하자마자 접시를 들고 종종걸음으로 달려가다시피

한 진희가 진열된 케이크를 종류별로 하나씩 쓸어 담고 있었
다. 그런 진희를 영석이 포근한 눈길로 바라봤다.

"나는 왜 초대한 거야?"

옆에 있던 이재림이 불쑥 물었다. 영석이 고개를 돌려 이재
림을 봤다. 영석과 같은 나이이지만, 괜히 불퉁거리면서도 말을
잘 듣는, 귀여운 동생 같았다.

"앞으로 자주 볼 텐데 친하게 지내고 싶어서 그랬다. 괜한
말 말고 맛있는 거 많이 있으니까 마음껏 먹어."

"……."

직선적인 영석의 말에 이재림은 살짝 얼굴을 붉혔다.

영석의 호의가 익숙지 않은 모양이다.

"이제 올해 메이저는 끝났어. 내년에도 나갈 거야?"

이재림이 화제를 돌리며 물었다.

그 질문에 어른들 모두의 시선도 영석에게 꽂혔다.

"…글쎄. 진희는 모르겠지만, 나는 프로로 전향해서 투어 다
니고 싶어."

"더 안 하고? 아, 그리고 왜 전국체전에 안 나오는 거야?"

이재림은 이 기회에 궁금증을 모두 해소하겠다는 듯, 이것저
것 물었다.

"나 대학생이야."

"뭐?!"

영석의 답에 이재림도, 이재림의 부모도 모두 놀란 눈치였다.

"한국대 99학번 체육교육학과야, 난."

"나, 나랑 동갑이잖아?"

이재림이 믿기지 않는 듯 손가락으로 영석을 가리키며 더듬더듬 물었다.

"뭐, 이렇게 사는 사람도 있는 거지."

영석은 대수롭지 않게 말했다.

말문이 막힌 이재림이 잠시 침묵을 지켰다. 그러자 영석이 대화를 이어가기 위해 물었다.

"넌? 어떻게 할 거야? 어디 학교야?"

"난 이제 고등학교에 입학해야지… 고등학생 대회에서 바로 우승을 한다면, 또 기회를 얻어 해외로 올 수 있고……"

"그래? 그럼 당분간은 시합하지 못하겠네. 제법 아쉽다."

"……."

"내가 이런 말 하면 고까울지도 모르겠지만, 넌 재능이 있어. 부디 인생에서 가장 중요한 시기를 잘 보내고, 해외에서 자주 봤으면 좋겠다."

"내가 재능이 있다고?"

이재림이 영석을 향해 도전적으로 말했다.

물론 이재림 자신이 재능이 있다는 것은 익히 알고 있다. 과장 보태서 하루에 10번씩도 듣는 말이니까. 하지만 동갑내기인 이영석에게 치욕의 패배를 당하고 난 후, 자신감은 급격하게 떨어졌다. 이제는 고등학교에 올라가서 어디까지 할 수 있을지도 확신이 서지 않았다.

"우선, 넌 힘이 강해. 아마 또래 중에서는 최고일걸? 그건 공을 받아본 내가 알아. 그런데 넌 그 힘을 제대로 사용하지 못하고 있어. 공을 안정적으로 넘긴답시고 힘을 빼서 그래. 힘은 유지하되 정교함을 키워야지."

"……."

"네 테니스가 지금까지 통했던 것은, 줄였었던 힘조차 감당할 상대가 없었기 때문이야. 확실히 주니어 레벨에선 최상위야. 하지만 상대들도 조금만 신체가 자라고 힘이 붙으면… 네 테니스는 아무런 효력이 없어. 나 봐. 너보다 20센티 가까이 크고, 너만큼의 힘을 가졌잖아. 그러면 쉽게 쉽게 받아낼 수 있어. 아니, 오히려 공격하기도 쉬워지지."

"……!!"

"넌 우선 네 힘이 어디까지인지, 그걸 알아야 해. 그리고 그 힘을 네 의지로 조절할 수 있게 되면… 꽤 까다로운 상대가 될 거야. 그리고…….

"뭐."

이재림이 퉁명스럽게 말했다.

"수영도 하고 밥도 잘 먹고 그래. 신체의 스펙은 엄연히 선수의 능력이야. 아직 성장기니까 조급하지 않겠지? 그래도 사람 일은 모르는 거야. 최대한 키 크려고 노력해 봐."

"그럼 널 이길 수 있어?"

이재림이 도발적으로 물었다.

영석은 피식 웃었다.

"난 그때쯤 더 발전하지 않았을까? 죽도록 노력해. 선수로 살아가려면 인생을 다 바쳐."

 말을 끝낸 영석이 자리에서 일어나 여전히 케이크로 접시 위에 성을 쌓고 있는 진희에게 다가갔다.

 "······."

 이재림은 그런 영석의 등을 하염없이 바라봤다.


*　　　　*　　　　*


 "악수 한번 하자."

 샘이 빙긋 웃으며 영석에게 손을 건넸다.

 영석과 진희가 나란히 서 있었고, 그 등 뒤로 캐리어가 줄지어 놓여 있었다. 부모님들과 이재림의 일행은 모두 먼저 귀국했고, 영석과 진희는 아카데미에서 며칠 동안 푹 쉬어 컨디션을 회복한 뒤 귀국을 하게 돼서 따로 가게 됐다.

 그런 영석과 진희의 귀국길에 아카데미의 룸메이트들과 샘이 배웅을 나왔다.

 "자주 놀러 올게."

 마주 웃어준 영석이 샘의 손을 꽉 쥐었다.

 "그래, 미국에서 열리는 대회가 몇 개인 줄은 알지?"

 샘이 묻자, 영석이 그 의중을 파악한 듯 자그맣게 미소 지으며 답했다.

 "엄청나지."

 "그래, 너희는 우리 TAOF(Tennis Academy of Florida) 출신

이야. 너희가 원한다면 언제든지 전폭적으로 서포트할 준비도 돼 있으니 부담 없이 요청해. 필요한 모든 도움이 언제나 너희를 기다리고 있을 거야."

코끝이 찡해진 영석이 덥석 샘을 안았다.

"고마워. 앞으로도 우리의 우정은 영원할 거야. 늘 내 소속을 잊지 않을게."

샘이 영석의 등을 토닥이며 말했다.

"하하! 안 그래도 로딕을 비롯해서 영석 너와 진희까지… 버젓이 인재를 키워냈다는 소문이 돌아서 증축을 해야 하나 고민 중이야. 다음에 만날 땐 더욱더 선진화된 아카데미의 모습을 확인할 수 있을 거야."

진희는 룸메이트들과 눈물의 작별식을 거행(?)하고 있었다.

"흑……."

"울지 마, 레미. 여기 내 연락처 줄 테니까, 앞으로도 계속 연락하자. 조만간 또 만날 텐데 왜 울고 그래."

진희는 애써 눈물을 눌러 삼키며 룸메이트들을 다독였다. 영석은 그 모습이 퍽 마음에 들었다.

'난 내 룸메이트가 누군지도 모르겠지만 말이야…….'

매일 봤는데도 관심이 없었다. 사람이 관심을 지속적으로 안 주다 보면, 기억에서도 사라진다는 것을 영석은 아카데미 생활을 하며 깨닫게 됐다.

'휴…….'

새삼 너무 숨 가쁘게 달려왔다는 생각이 들었다.

누가 보면 인간성이 말소된, 기계 같은 삶을 살았다는 걸 영석은 부인할 수 없었다.

영석에게 허용된 여유는 가족과 진희뿐이었으니 말이다.

'이제는 조금씩 열면서 살아야겠어.'

영석의 뇌리에 이재림의 모습이 떠올랐다. 그리고 자신의 전생을 떠올렸다.

감독, 코치, 동료 선수, 후배들 모두를 아우르며 많이 웃고 많이 즐겼었다. 그렇게 국가 대표 생활을 하고 코치까지 됐었다.

'인간은 홀로 오롯할 수 없는 존재다.'

진희의 모습과 과거의 자신을 떠올린 영석이 작은 다짐을 했다.

Chapter 18

# 금의환향(錦衣還鄕)

"…우웅, 몇 시간 지났어?"

　책을 보고 있던 영석은 자신의 옆에 찰싹 달라붙어 칭얼대는 진희를 보며 빙긋 웃었다.

　"아직 절반도 안 왔어."

　진희는 눈을 쓱쓱 비비며 영석이 읽고 있는 책에 시선을 두었다.

　"…상대성이론 강의? 웩……. 이제 소설을 넘어서 학문서까지 읽으시는군요, 똑똑하신 영석 님. 당신의 창대한 지성에 이 무식한 소녀는 그저 감탄할 뿐이옵니다."

　"왜 그래?"

　영석이 진희의 머리를 쓰다듬으며 물었다.

진희가 불퉁거리며 답했다.

"좀 쉬고 그래. 어떻게 된 게 사람이 테니스, 독서, 공부밖에 모르고 살아? 쉬는 거 몰라?"

"테니스하는 거 재미없어?"

외려 영석이 놀란 듯 눈을 치켜뜨며 물었다.

진희는 단호히 부정했다.

"재밌지! 재밌는데… 힘들잖아. 그럼 사람이 나가서 맛있는 것도 먹고, 놀고, 영화도 보고… 그러면서 쉬어야지."

"난 그게 더 힘들어. 잘 봐."

영석이 손가락으로 책장을 넘기며 말했다.

"얼마나 편해. 책장만 넘기면 이렇게 큰 즐거움을 주는데. 최고 아니야?"

"…예이, 네이. 쇤네는 일자무식이라 도저히 고명하신 영석 님께서 하신 말씀에 동감할 수가 없습니다."

진희는 어깨를 으쓱이며 다시 수면 안대를 하며 말했다.

"도착하면 깨워줘. 자도 자도 피곤하네……."

영석이 쓰게 웃었다.


"진희야 일어나야지~ 다 왔어."

영석이 부드러운 목소리로 진희를 깨우며 짐을 챙기기 시작했다.

진희는 기지개를 켜며 찌뿌둥한 몸을 풀고 있었다.

"피곤해… 더 자고 싶어."

"그래? 어디 보자… 한국도 이제 다섯 시네. 집에 가서 저녁 먹고 자면 되겠다."

어린아이 달래듯 진희에게 나긋나긋하게 설명했지만, 정작 영석 본인은 10시간이 넘는 비행시간 동안 한숨도 자지 못해 쓰러질 것 같은 상황이었다.

그렇게 짐을 챙겨 둘은 스튜어디스들에게 인사를 꾸벅 하곤 캐리어를 끌며 밖으로 나왔다.

찰칵! 찰칵!

펑펑버버버벙.

게이트를 나와서 마중 오기로 한 부모님을 찾으려던 영석과 진희는 갑작스러운 플래시 세례에 손을 들어 시야를 차단했다. 가뜩이나 나른한 정신에 짜증이 몰려오기 시작했다.

하지만 영석은 잘 알았다. 영석과 진희는 모국인 한국과 첫 대면을 하게 됐다는 것을.

"진희야, 인상 찌푸리지 말고 씩 웃으면서 손 흔들자."

영석이 자그맣게 속삭였다.

진희는 어쩔 수 없다는 듯 고개를 끄덕였다.

찰칵, 찰칵!!

영석과 진희가 손을 흔들자 그에 응답하듯 셔터 소리는 열렬하게 영석과 진희의 귀국을 환영했다.

"영석아~!"

"진희야!"

부모님을 발견한 영석과 진희가 사람의 바다를 모세처럼 가르며 나아갔다.

그리고 포옥 안겼다. 이제야 한국에 돌아왔다는 실감을 하게 됐다.

*　　　　*　　　　*

부우우웅—

얼마나 좋은 차인지, 엔진음이 거의 들리지 않는 차 안에서 영석이 말했다.

어릴 때처럼 뒷좌석에서 어머니의 다리에 머리를 놓고 졸린 눈을 껌벅이는 상태였다.

"기자회견? 그런 것까지 할 줄이야……. 알고 계셨어요?"

영석의 질문에 모친, 한민지가 답했다.

"어떻게 알고 왔는지, 우리가 귀국할 때도 기자들은 꽤 있었어. 너희 언제 귀국하냐고 꼬치꼬치 캐묻고 그러기에… 우리 입회하에 기자회견을 열기로 결정했다. 아들한테 연락도 못 하고 이렇게 됐구나. 피곤한데 미안해서 어쩔까… 우리 아들."

"괜찮아요. 뭐 자주 겪게 될 일인데요."

영석이 대수롭지 않다는 듯 말했다.

그때, 잠시 신호에 걸려 정차하자 부친 이현우가 조수석에서 뭘 뒤적이더니 냉큼 영석에게 건넸다.

"뭐예요, 이게?"

영석이 몸을 일으켜 앉고는 포장된 꾸러미를 풀었다.

"핸드폰… 이네요."

영석의 손안엔 유광으로 코팅된 번쩍이는 검은색 핸드폰이 자리 잡고 있었다.

'이때면… 3G일까, 2G일까.'

"등록 다 해놨어. 한국에 있을 때 잘 쓰고, 해외에선 국제전화 번호로 통화도 할 수 있을 거야."

아버지의 설명에 영석이 신기한 듯 핸드폰을 주물럭거렸다.

'과거의 유산이군. 폴더폰이잖아? 2G겠네.'

전원 버튼을 꾹 누르자 로딩 화면이 잠시 머물고 메인 화면이 나타났다.

가족사진이 배경 화면에 지정되어 있었다.

"헤에… 좋네요. 사진 더 있어요?"

"집 컴퓨터에 있으니까 핸드폰에 넣어주마."

"아빠 엄마 옛날 사진도 있으면 줘요."

영석이 불쑥 말했다.

"필름 카메라로 찍어서 컴퓨터엔 없어."

어머니가 타이르듯 말했다. 하지만 영석이 핸드폰의 카메라 기능을 켜고 말했다.

"이걸로 찍어서 다 넣어놓죠, 뭐."

        *           *           *

저녁 식사를 하며 화기애애한 시간을 보낸 영석 식구는 티

타임을 위해 모여 앉았다.

"이제 뭐 할 거니? 조금 쉬어야 되지 않겠어? 내년에 다시 일정 시작해야지."

한민지가 차를 한 모금 마시고는 영석에게 물었다. 이현우는 눈을 감고 차의 맛을 음미하고 있었다. 그런 부모님을 본 영석이 씨익 웃으며 말했다.

"한신은행 대표랑 만나서 계약 얘기도 나눠야 하고, 라켓, 옷, 신발 등의 계약도 이참에 정리하려고요. 학교도 가서 휴학연장을 하거나 해야 하고, 진희랑 데이트도 해야죠."

영석의 말에 부모님이 씨익 웃었다.

"다 컸네, 다 컸어. 데. 이. 트?? 쿠쿡."

한민지가 영석의 어깨를 손가락으로 밀며 말했다.

영석은 쓰게 웃었다.

"부모님도 같이 다니시면서 계약에 동의해 주셔야 할 거예요. 아직은 미성년자라… 최대한 강남역에서 약속을 잡으면 부모님도 편하겠죠?"

"우리야 그러면 좋지. 진희는?"

"음… 진희도 동의가 필요하겠네요. 아예 주말에 몰아서 할까요?"

"그것도 좋지."

"아참, 학교는 어떡하죠?"

영석이 화두를 꺼내자 부모님은 각각 생각에 잠겼다.

이윽고 부친 이현우가 입을 열었다.

"네가 공부를 조금만 더 못해서 고구려대학이나 연하대학을 갔다면 문제가 될 일은 없지. 사립이고… 학교 홍보랍시고 스포츠 선수의 활동을 인정해 주니까. 문제는 한국대학교야. 국립이고, 국내 최고의 대학이라는 자부심이 있어서 스포츠 선수들하고는 인연이 없는 학교지."

"음……."

부친의 말을 듣고 있는 영석도 내심 짐작한 일이다.

1년 내내 해외를 떠돌다가 겨울에 잠깐 몇 달 들어와서 쉬는 게 영석과 진희의 일정이 될 텐데, 학교 측에서 과연 그것을 인정해 줄지는 회의적이었다.

그때 모친 한민지가 냉큼 부자(父子)의 상념을 잘랐다.

"자퇴하면 되지, 뭐가 문제야?"

쏠리는 시선에 한민지는 당당하게 말했다.

"아니, 뭐가 아쉬워서 학교에 적을 두냐고. 네가 어떤 의도로 프로 데뷔에 대학 입학을 걸어놨는지는 대충 예상이 된다. 우리를 안심시키려는 거 아니었어?"

"…어느 정도는 그렇죠."

"안심했어. 네가 테니스로 밥 벌어먹고 살 수 있다는 확신도 있다. 뭐가 더 필요해?"

"하긴, 공부는 혼자서도 할 수 있죠."

공부가 취미인 영석에게 모친의 말은 구구절절 맞는 말이었다.

하지만 영석은 아쉬웠다. 어릴 때부터 제법 고생을 해서 들어간 학교를 1년도 안 돼서 그만둔다는 게 아쉬웠다. 전생에서도 입학 후 자퇴를 해서 그런지, 학교생활이라는 것도 한번 해보고 싶었다.

"논문 같은 걸로 대충 때울 수는 없을까요?"

영석이 조심스럽게 말을 건넸다.

"무슨 논문?"

"테니스랑 관련한 논문으로요. 지금은 딱히 생각이 안 나네요."

"음……."

이번엔 부부(夫婦)가 생각에 빠져들어 갔다.

고민하는 포즈가 똑같기에 영석은 무심코 풋 하고 웃었다.

매우 피곤했지만, 영석은 그 후로도 부모님과 담소를 나누며 시간을 보냈다. 얘기를 나누는 것만으로도 조금씩 행복이 차올랐다.

오랜만의 휴식이라 마음이 절로 느긋했다.


＊          ＊          ＊


늘 같이 있으니 새삼 떨릴 것도 없다고 생각했다. 최소한 영석은 그렇게 생각했었다.

하지만,

"영석아~"

지금 뛰어오고 있는 진희의 모습을 본 순간, 그런 생각은 자취를 감췄다.

딱 달라붙는 청바지에 약간 헐렁한 니트를 입고, 그 위에 깔끔한 캐시미어 코트를 걸친 진희는 분명 눈이 부시게 예뻤다.

'또래에 비해 옷이 너무 어른스럽지만……'

오히려 영석이 더 어려 보이게 코디를 했다.

청바지에 티셔츠, 그 위에 패딩 잠바를 하나 걸쳤을 뿐이니 말이다.

그래도 진희는 뭐가 그렇게 좋은지 영석의 팔짱을 끼고 신난다는 듯 말했다.

"데이트~ 데이트~ 데이트다아~"

영석이 피식 웃으며 말했다.

"우선 학교 가서 교수님 만나고 나서 데이트하자."

"응응!!"

저벅저벅 걸어서 집 앞의 횡단보도에 다다르자 영석은 묘한 감흥을 느꼈다.

'내 인생의 전환점……'

얼어붙은 진희를 안고 봉고차를 피했었던 과거가 떠오른 것이다. 진희는 마냥 좋은지 콧노래를 부르며 신호를 기다리고 있을 뿐이었다.

띵동.

이윽고 신호가 바뀌자 녹음된 음성이 건너도 된다고 말했다.

그렇게 둘은 가벼운 발걸음으로 지하철을 타러 갔다.

"오!! 오!!"

진희는 지하철역으로 내려오자 연신 감탄을 했다.

영석도 전생의 기억과 대조하며 신기한 기분에 휩싸였다.

'다시 돌아온 후 처음으로 지하철을 타는 건가?'

너무 놀라 하는 진희를 보며 영석이 생각에 빠졌다.

7살로 돌아온 후 거의 10년 동안 지하철을 한 번도 이용하지 않았다는 게 신기했다.

'하긴, 차만 타고 다녔으니… 부잣집 아이들이었구나. 내가 진희한테 못 할 짓을 한 건 아닐까? 세상 물정 모르는 어른으로 만들게 됐으니……'

잠시 죄책감이 들었던 영석이지만, 가볍게 털어내어 무시하고는 역사의 풍경을 바라봤다.

2016년엔 없는 풍경이 영석의 눈앞에 펼쳐져 있었다.

길게 줄지어진 사람들의 시선이 영석과 진희를 빠르게 스치고 지나갔다.

영석과 진희는 걸음을 옮겨 차례를 기다렸다.

무인 승차권 발매기도 버젓이 있었지만, 실질적으로 이용하는 사람들은 몇 없었다.

늘 이용하던 것을 관성으로 계속 이용하는 것이다.

개표구에선 담당 직원이 일일이 표를 끊어주고 있었다. 그조차도 영석에겐 제법 신기했다. 아니, 신기하다기보다 그리운 느낌이 들게 했다.

"어디 가세요?"

이윽고 영석과 진희의 차례가 되자 직원이 물었다.

"한국대입구역요. 두 장 주세요."

"1,600원입니다."

영석은 데이트 비용 명목으로 받은 수북한 지폐 더미에서 천 원짜리를 골라 두 장 건넸다.

진희는 표를 받자마자 한참을 보더니 핸드폰을 꺼내 사진을 찍었다.

"신기해?"

영석이 묻자 진희가 고개도 돌리지 않고 답했다.

"응, 신기해. 의외로 표 디자인 예쁜데?"

"하하……."

영석은 진희를 이끌고 개표구로 가서 티켓을 넣었다. 그 과정에서도 진희는 일일이 감탄하기 일쑤였다. 놀라움의 끝은 곧 진희에게 큰 감격을 주며 찾아왔다.

"우와!!"

덜커덩 소리를 내며 지하철이 진입하자 진희는 주변의 시선도 신경 쓰지 않은 채 놀랍다는 듯 감탄했다. 그 모습이 코트를 처음 볼 때의 어릴 때 모습과 똑같아서 영석은 싱긋 웃었다.

문이 열리고 지하철에 타자, 진희가 조그맣게 물었다.

"멋있다, 이거. 얼마 정도 할까?"

"글쎄… 너랑 나랑 20년은 벌어야 살 수 있지 않을까?"

영석이 대수롭지 않다는 듯 답했고, 진희가 놀랍다는 듯 되물었다.

"오… 그 정도야? 비싸네. 살 필요 없겠다."

'이걸 사도 굴릴 수가 없단다'라는 말이 목 끝까지 차올랐지만, 진희의 흥을 깨기 싫은 영석은 빙긋빙긋 웃기만 했다.

그렇게 덜커덩거리는 진동을 온몸으로 느끼며 영석과 진희는 목적지인 한국대학교를 향했다.

*      *      *

"오랜만에 뵙습니다, 교수님."

"오, 이영석 군 아닌가? 입학식 때 보고 오랜만이군. 옆에는… 김진희 양이군. 둘이 아는 사이인가?"

노년의 신사가 영석과 진희를 반갑게 맞이했다.

체육학과 교수답게 안면이 없는 진희가 누구인지도 단박에 알아차렸다.

"네, 어렸을 때부터 같이 테니스를 배워서요. 아 그리고, 올해 수능을 보고 한국대학교에 원서를 제출할 사람이기도 합니다."

"오~ 그래? 알았네. 앉지, 앉아."

직접 차를 타 와 영석과 진희 앞에 찻잔을 내려놓는 친절을 베풀기까지 한 교수는 입을 열어 대화의 시작을 알렸다.

"이번에 US 오픈 주니어에서 각자 우승했더구나. 축하한다."

"네, 감사합니다."

영석이 답하자 교수는 계속 말을 이었다.

"그래, 오늘 이렇게 찾아온 용건은… 앞으로의 일정과 그에 따른 학적의 문제겠지?"

"네."

교수는 턱을 괴며 고민에 빠졌다.

"부모님도 한국대 졸업, 본인도 한국대 입학… 쉽지 않은 일이지, 대단한 일이기도 하고."

영석과 진희는 경청하는 자세로 교수를 응시했다.

"그래, 길게 얘기하지 않으마. 더 이상 휴학은 하지 않아도 된다."

"…그 말씀은……?"

영석이 불안한 얼굴을 하며 묻자 교수가 씩 웃으며 답했다.

"휴학하지 않아도 정상적으로 이수하게 해주겠다는 거다."

영석은 물론이고 진희도 놀랐다는 듯이 눈을 치켜떴다.

교수는 푸근하게 웃었다.

"허허, 학교 입장에서도 너희의 활약은 반기는 편이다. 만약 이대로 잘 성장해서 메이저나 올림픽에서 메달을 딴다면… 너희의 이름은 학교의 이름 위에 자리 잡을 테고 말이야. 한국, 아니… 아시아 최초가 되겠군. 좋지… 윔블던, 호주 오픈, 롤랑 가로스, US 오픈……."

교수는 말끝을 흐리며 상상만으로도 즐겁다는 듯 입꼬리를 들썩였다.

"학교의 학칙과 맞지 않는 거 아닙니까?"

영석이 조심스럽게 입을 열었다.

교수는 별일 아니라는 듯 손을 내저으며 답했다.

"영석 군, 자네는 일반 입시 전형으로 입학하지 않았더냐. 그럴 경우는 문제없어. 다만 성적은 C+로 고정이고 등록금 또한 꼬박꼬박 내야 한다."

"졸업 논문 같은 건······."

영석이 재차 물었다.

"자네는 참 나이에 맞지 않게 아는 게 많군."

교수의 말에 영석이 머리를 긁적였다. 그 모습을 보고 푸근하게 웃은 교수가 설명해 줬다.

"한국대학교이니만큼 논문 자체의 질은 높아야 된다네. 그것만큼은 어쩔 수 없어. 다만, 자네들은 바쁜 몸이니, 도움이 필요하면 언제든 말해주게. 자료 같은 건 얼마든지 보내줄 수 있으니까."

그렇게 말하며 교수는 자신의 명함을 영석과 진희에게 한 장씩 줬다.

진희는 의아하다는 눈빛으로 교수를 바라봤다. 자신은 아직 입학하지 않았기 때문이다.

"진희 양, 자네도 곧 입학할 거라 믿겠네. 수능 힘내게나."

"···네."

진희가 뜻밖의 응원을 받아서인지 조심스러운 동작으로 명함을 받았다.

"아참, 영석 군, 자네는 몇 학번이었지?"

"99학번입니다."

교수는 장난스럽게 웃으며 진희에게 말했다.

"진희 양, 자네는 01학번이 되겠구먼. 영석 군이 선배구먼, 선배."

영석과 진희는 교수의 농(?)에 짧게 웃어주고는 교수의 환대를 받으며 학교를 나섰다.


*　　　*　　　*


"그러고 보니 수능 며칠 안 남았네."

영석이 나직이 말했다.

진희가 볼을 부풀렸다.

"세상에, 까맣게 잊고 있었지 뭐야. 근데… 수능 봐야 되나? 난 너처럼 공부하는 거 별로 좋아하지도 않는데……."

진희가 투정을 부렸다.

영석이 진희의 머리를 토닥이며 말했다.

"그냥, 지금까지 고생한 게 아깝잖아~ 훈련하느라 기절할 것같이 피곤해도 악착같이 공부했던 거… 기억나지?"

영석이 묻자 진희가 진저리를 치며 답했다.

"최악, 우웩. 너무 힘들었어."

"그래, 그 고생에 대한 보답을 받아야지. 물론, 진희 넌 대학 따위 필요 없을 정도로 세계적인 명성을 얻을 선수지만 말이야."

영석의 과도한 칭찬에 진희가 부끄럽다는 듯 답했다.

"뭘……."

"아참, 부모님이 좋아하시겠네. 너희 부모님 말이야. 딸이 운동도 잘해, 공부도 잘해… 예쁘기까지 하잖아. 얼마나 기뻐하시겠어?"

가만히 듣고 있던 진희가 정색하고 말했다.

"영석이 넌?"

"응?"

영석이 되묻자 진희가 의지를 담아 말했다.

"내가 대학 갔으면 좋겠어?"

"음……."

침음을 삼키며 고민에 빠지는 영석을 보는 진희의 얼굴이 제법 진지했다.

그 모습을 본 영석도 진지하게 답했다.

"좋지. 뭐든 너랑 내가 같은 소속에 있다는 것 자체가 좋지. 응, 그래. 난 네가 이왕이면 같은 학과로 입학했으면 좋겠다."

영석의 말에 진희가 고개를 푹 숙이며 중얼거렸다.

"그럼 할게."

"…그래. 우선!!"

대답한 영석이 진희를 폭 안으며 말했다.

"오늘은 데이트를 해야지. 가자, 오늘 같이 할 거 내가 생각해 왔어."

영석이 수첩을 꺼내어 펼치자 새까만 글씨로 일정표가 짜여 있는 게 진희의 눈에 들어왔다.

초승달처럼 눈을 휘며 싱그럽게 웃은 진희가 기운차게 답했다.

"하자! 데이트!"

                    *          *          *

"아메리카노 네 잔, 카페모카 두 잔, 화이트모카 한 잔 나왔습니다."

"네, 감사합니다. 아, 혹시 설탕은 어디 있나요?"

"왼쪽 여기에 보시면 있습니다."

"네, 감사합니다."

고개를 꾸벅 숙인 영석이 커피 일곱 잔을 쟁반에 들고 탁자로 돌아갔다.

"이것 참, US 오픈 주니어 우승자가 커피를 가져다주시다니… 영광이네요."

늘씬한 체형에 깔끔한 양복이 굉장히 잘 어울리는, 깔끔한 인상의 중년 남성이 영석이 갖고 온 커피를 받으며 밝게 웃었다.

"어휴, 대표님이 그러시면 제가 다 민망합니다."

영석이 너스레를 떨며 자리에 앉았다.

자리엔 영석의 부모님과 진희의 부모님, 그리고 영석과 진희가 모두 앉아 있었다.

"주말에 쉬셔야 하는데 불러서 죄송합니다, 김 대표님."

영석의 부친, 이현우가 정중하게 말하자 양복을 입은 중년인, 한신은행 김용서 대표가 손사래를 쳤다.

"아이고, 아닙니다. 저야말로 이렇게 다 모여주셔서 감사합니다."

이들이 화창한 토요일 오후에 모인 것은, 다름 아닌 계약 때문이었다.

"오늘 이 시간 이후에 혹시 시간 되십니까?"

김용서가 넌지시 물었다.

"예정은 없는데… 어쩐 일로……."

"제가 여러분을 모시고 식사 대접해 드리려고요. 아, 물론 테니스도 한 게임 치면 좋겠습니다. 선수들 말고 부모님들과도 한 게임 치고 싶네요."

양복과 어울리지 않게 제법 흥분된 얼굴로 김용서가 말했다.

열혈 테니스 마니아를 자처하는 만큼, 자나 깨나 테니스 삼매경에 빠진 사람다운 모습에 모두 웃음을 지었다.

"이번에 영석 군과 진희 양의 경기가 생중계된 건 다들 아시죠?"

모두가 고개를 끄덕이자 김용서가 신나는 듯이 말했다.

"잠자는 것도 미루고 경기를 지켜본 저는 박정훈 기자에게 감사한 마음이 들었습니다."

청중의 궁금증을 유발하는 김용서의 언변이 춤을 췄다.

"훌륭한 선수들에게 계약을 먼저 제시할 수 있게 된 것이니까요. 그뿐입니까, 은근히 반대하던 직원들도 경기를 봤는지 긍정적인 방향으로 생각하게 됐고요."

"아, 그럼 일전에 말씀하신 계약에 대해 긍정적으로 생각해도 된다는 겁니까?"

영석의 모친, 한민지가 물었다.

진희의 부모님은 애타는 눈으로 영석의 부모님을 바라봤다. 영석과 진희가 운명 공동체가 된 이상, 문외한인 자신들보다, 영석의 부모님이 행여나 있을 불합리한 계약을 차단할 수 있기 때문일 것이다.

"물론입니다. 영석 선수와 진희 선수를 필두로, 테니스 종목에서도 활발한 투자를 진행할 예정입니다. 사실 테니스만큼 선수들의 실적이 없는데도 사랑받는 종목이 없잖습니까. 이럴 때 훌륭한 선수들이 활약을 한다면 국민들이 테니스에 갖는 관심도가 높아질 겁니다. 계약을 한 저희 은행도 그만큼 이득이 될 것이고요."

그 후에도 김용서는 꾸준히 자신들의 조건과 선수들에게 돌아오는 이득 등에 대해 한 치의 거짓 없이 말을 하게 됐다. 법조인 두 명이 냉엄한 눈을 치켜뜨고 있는데, 허투루 할 수 없다는 이유도 있었고, 김용서 개인적으로 테니스를 사랑하는 만큼 딱히 불공정한 계약을 할 생각이 없었다.

"그럼, 실질적으로 제가 해야 할 건 모자를 쓰는 것, 쉴 때 은행의 광고를 찍는 것… 이 전부인가요?"

"네, 그렇게 됩니다. 뉴스에 영석 군과 진희 양이 인터뷰를 하거나 할 땐, 여러분의 이름 밑에 저희 은행의 이름이 들어가게 됩니다. 은행 로고로 도배가 된 판을 세우고 인터뷰를 하게 될 것이고요."

"그건 개의치 않습니다. 그런데… 모자라…….'

영석이 말끝을 흐리며 고민에 빠졌다.

미국에서 김용서와 통화할 때는 깊이 생각하지 않았었지만, 지금에 와서 생각해 보니 모자를 쓰는 것이 과연 괜찮을지 고민하게 된 것이다.

"무슨 문제가 있습니까?"

김용서가 애타는 눈빛으로 영석을 바라봤다.

'그것참… 은행의 대표면, 이 정도로 저자세일 필요가 없는데…….'

영석은 잠시 의문이 들었지만, 그게 김용서의 전략일 수도, 정말 테니스를 사랑하는 사람이라서 그런 것일 수도 있다고 여기고 말을 이었다.

"아닙니다. 제가 한 번도 모자를 쓰고 테니스를 쳐본 적이 없어서요. 익숙해지겠죠, 뭐."

"영석 선수가 정 모자가 불편하시다고 하면 상의의 팔에 로고를 박으면 됩니다. 그 부분은 차차 상의할 수 있는 여지로 남겨도 됩니다."

김용서는 어떻게든 계약을 따내려고 안달이 났다.

결국 영석이 참지 못하고 물었다.

"대표님, 사실 한신은행이면 거의 이렇게 일방적으로 좋은 조건을 걸고 저희랑 계약하실 필요가 없지 않나요?"

저번에 통화상으로 한차례 나눴던 얘기의 연장이다.

김용서는 이제까지와는 다르게 진지하고 자신만만하게 답했다.

"지금은 여러분이 이득일지 모르지만, 사람 일은 모르는 겁니다. 두 선수 모두가 위업을 쌓고 승승장구할수록 저희가 얻는 이득이 종래엔 훨씬 커질 겁니다. 전 그걸 확신하고 있고요. 그뿐이 아닙니다. 제가 대표로 있는 동안은 테니스 자체에 대한 적극적인 투자를 진행할 예정입니다. 실은 실업팀 구축에 대한 기획을 짜고 있기도 하고요."

"실업팀이요?!"

'하다하다 실업팀까지……? 오타쿠구만. 테니스 오타쿠.'

영석이 결코 입으론 내뱉지 못할 말을 속으로 삼켰다.

"아직은 구상 단계라 장담은 못 해드립니다만… 팀이 구축되면 팀 차원에서 전폭적인 지지를 할 예정입니다. 또한 현재 국내에서 열리는 퓨처스의 권리를 사 오거나, 저희가 직접 주최할 수 있는 방안도 검토 중입니다."

김용서의 희망찬(?) 말에 모두의 입이 떡 벌어졌다.

스케일이 커도 너무 크다. 김용서는 전혀 무리가 아니라는 듯 자신만만했다.

"못 할 이유가 없습니다. 충분히 투자 가치도 있고요. 저희 은행 아시죠? 업계 1위입니다, 1위. 선도 기업이 될 역량이 충분합니다. 영석 선수와 진희 선수의 역량이 대단한 것처럼 말이죠."

무슨 광고 문구 같은 말을 줄줄이 읊는 김용서의 태도가 어린아이 같아서 영석은 피식 웃었다.

'계약하지, 뭐.'

그렇게 영석과 진희는 프로로서 살아갈 수 있는 첫 번째 조건인 '계약'을 달성했다.

＊　　　　＊　　　　＊

쉬려고 한국에 왔는데, 영석은 매일같이 바쁜 기분이 들었다.

'아니, 실제로 바쁜 것일지도…….'

수능이 얼마 남지 않은 진희의 옆에서 공부를 봐주는 것도 그랬고, 최영태와 이유리에게 인사하러 가서 몸이 완전히 늘어지지 않게 훈련도 받았다.

영석이 보고 싶은 것일 뿐이면서 어디 아픈 데 없냐며 병원에 들르라는 영애의 지령(?)에 괜히 종합검진도 받아보고, 부모님이 운동하시는 코트에 놀러 가서 동호인들하고 한 게임 치기도 했다.

'우리 부모님만큼 치는 게 이상한 거지.'

동호인들의 수준은 그럭저럭이었지만 말이다.

그렇게 쉬는 동안에도 계약은 하나둘씩 마무리되었다. 그야말로 동시다발(同時多發)적인 일정이었다.

"이거, 예쁘다 역시."

영석의 옆에서 진희가 눈을 반짝였다.

우선, 라켓은 예쁘다는 진희의 의견이 중요한 요소가 돼서 바볼랏(Babolat)과 계약을 맺게 됐다. 진희는 파란색과 흰색이 줄무늬를 이루고 있는 퓨어 드라이브(Pure Drive) 모델을 쓰기로 했다. 라켓 자체의 강성이 높지만, 반발력이 강하고 적은 힘으로 쉽게 강한 공을 칠 수 있다는 장점이 있어 많은 선수와 동호인들에게 사랑받는 라켓이었다. 일전에 아카데미에서 영석과 대결을 펼쳤던 앤디 로딕이 쓰고 있는 라켓이기도 하다.

영석은 조금 까다로운 조건을 걸었다.

라켓 헤드는 작고(95sp 이하), 밸런스는 최대한 그립 부분에 위치해야 하고(헤드 라이트), 스트링은 덴스 패턴(18×20)이어야 했다. 디자인은 상관없다고 하니까 바볼랏의 직원이 빨갛고 흰 줄무늬가 인상적인 모델을 소개했다. 퓨어 스트라이크(Pure Strike)라는 모델로, 바볼랏답지 않게 강성이 낮아 전체적으로 부드러운 느낌을 주는 라켓이었다. 그만큼 라켓을 다루는 선수의 능력이 그대로 여과 없이 드러나는 라켓이기도 하다.

하지만, 몇 번 시타를 해보고 만족한 진희와 다르게 영석은 조금 불만족스러웠었다.

"이거 4 3/8은 없나요?"

영석의 말에 직원이 헐레벌떡 뛰어와서 라켓을 교체해 줬다.

영석이 말한 4 3/8은 라켓의 그립 사이즈를 뜻하는 것이다. 4 1/4, 4 1/2 등 사람의 손 크기에 맞춰 다양한 크기의 그립이 필요했고, 라켓 제조사들은 그 모두를 만들어야만 했다. 보통 동양인의 평균적인 남성의 손은 4 1/4이었고, 영석이 처음에 휘두른 시타 모델도 4 1/4이어서 영석은 작다고 느낀 것이다.

'사실은 내 손 크기에 정확하게 맞는 그립이 좋겠지만… 지금 그건 무리겠지.'

혹시 모른다.

영석이 후에 세계 랭킹 10위 안팎에 입성하게 되면 영석의 신체에 맞는 라켓을 특별히 제작해 줄 수도 있다. 아직은 그런 조건을 제시할 수 있는 입장이 아닌 영석은 4 1/4보다 조금 더 큰 4 3/8사이즈의 그립에 만족했다.

신발 또한 진희의 입김이 강하게 불었다.

"이게 예뻐."

진희라는 여신에게 선택받은 행운의 당사자(?)는 나이키였다.

사실 기능이야 모두 비슷비슷하기에 영석은 별다른 이견(異見)을 내지 않고 진희의 말에 고분고분 따랐다.

"네, 마님. 그렇게 하시지요."

마지막으로 옷은 상하의 모두 나이키와 계약했다.

담당자가 내년 투어 일정에 맞춰서 옷을 디자인해서 주겠다고 했다. 선수들의 경기 영상을 체크해서 선수 개인의 '느낌'에 맞춘 디자인을 한다고 하니 기대를 품은 진희가 상상의 나래를 펼쳤다.

'계약된 선수가 몇 명인데 그걸 일일이 다 디자인해 주고 앉아 있겠어?'

비록 영석은 조금 미심쩍어했지만 말이다.

"그럼 전 다녀올게요~!"

진희가 차에서 내려 발랄하게 외쳤다.

2000년 11월 15일, 2001년도 수능의 날이 밝아온 것이다.

"힘내."

영석이 뒤따라 내리며 진희의 손을 꼭 붙잡고 응원을 했다.

"어제 푹 잤지?"

"응."

"마지막에 같이 풀었던 문제들 기억나?"

"응."

"그대로 나올 게 틀림없으니까, 너무 긴장하지 말고 평소처럼 해."

"응응."

애 엄마처럼 연신 걱정과 염려를 담는 열여섯 살의 영석과, 당연하다는 듯이 그 따뜻한 정을 받아들이는 열일곱 살의 진희 모두 남들이 보기엔 조금 특이한 구성이었다. 하지만 두 사람은 전혀 개의치 않고 드라마를 찍고 있었다.

"요 앞 카페에서 계속 책 읽으면서 기다리고 있을게."

영석이 두꺼운 책을 보여주며 진희에게 신신당부하자 진희가 피식 웃었다.

"걱정 마. 금방 풀고 나올 테니까 기다려."

그렇게 당찬 말을 남기고 진희는 종종걸음으로 교문을 통과

해 시험장에 들어갔다.

'이렇게 추운데… 괜찮으려나.'

영석은 추위에 옷깃을 여미며 카페에 들어갔다.

글자가 눈에 들어올지 걱정이었지만, 약속한 대로 진희를 기다릴 작정이었다.

*　　　*　　　*

책은 펼쳐놨지만 정작 글은 읽지 않고, 테이블에 놓인 커피도 입에 대지 않고 염려 가득한 눈길로 창밖을 바라보고 있는 영석의 눈에 교문이 열리며 시험을 마친 학생들이 걸어 나오고 있는 것이 발견됐다.

"……!!!"

영석은 호들갑스럽게 벌떡 일어나 카페 문을 박차고 교문 앞으로 달려갔다.

멀리서 키 큰 여자가 휘적휘적거리며 걸어오고 있는 게 보였다. 영석은 냉큼 핸드폰을 들어 진희의 부모님에게 연락했다.

**진희 수능 끝났습니다. 제가 택시 타고 같이 집에 갈게요.**

짧은 문자를 남긴 영석은 진희를 향해 손을 흔들었다.

학부형들 틈에 어린 남자가 손을 흔드는 풍경은 꽤 이색적이었다.

"진희야~!!"

영석의 우렁찬 목소리를 진희가 들었는지 진희는 좀비처럼 흐느적거리면서 영석에게 다가갔다. 아침에만 해도 아침 이슬처럼 반짝이던 청초함을 자랑했던 진희가 8시간 만에 잔뜩 구겨져서 온 것이다. 등줄기가 서늘해지며 불길함을 느낀 영석이 진희를 안으며 말했다.

"고생했어!"

"하… 잘 봤나 모르겠어……."

진희가 영석의 품에 안겨 머리를 흔들며 칭얼댔다.

"…뭐 어때. 일단은 끝났으니까 다행인 거지."

영석은 또 되도 않는 위로를 했다. 갑자기 진희가 품속에서 쿡쿡거렸다.

"……?"

영석이 의아한 눈으로 보자 진희가 브이 자를 그리며 말했다.

"나 아무래도 천재인가 봐. 큰 무대에 강한 김진희! US 오픈에 이어 수능에서도 대박을 치다!"

음울한 기운은 연기였다는 듯 진희가 쾌활하게 자신을 뽐냈다.

"뭐, 뭐? 잘 본 거야?"

영석이 당황하며 묻자 진희는 크게 고개를 끄덕이며 답했다.

"가채점해 봐야 알겠지만… 01학번 후배가 미리 인사를 올리겠습니다, 선배님."

"하하!!"

진희의 능청에 영석이 크게 웃음을 터뜨렸다. 주변에서 흘깃

거리는 시선이 느껴졌지만 개의치 않았다.

"일단 얼른 가서 우리 집에서 가채점 같이 하자."

영석과 진희는 서둘러 택시를 타고 집으로 향했다.

택시 안에서도 진희의 자랑질(?)은 끝날 기색이 보이지 않았다.

"언어랑 외국어는 볼 것도 없어. 만점이야. 수리에서 두 문제… 과탐에서 한 문제가 조금 걱정되는데… 그것 말고는 틀린거 없는 것 같아."

진희의 말이 정말이라면, 영석보다도 성적이 좋게 나온 것이다.

영석은 마냥 웃으며 진희의 자랑을 들어주었다.

*　　　*　　　*

"거봐!! 다 맞았다니까? 캬하하!"

진희가 경망스럽게 웃으며 빨간 펜으로 가채점 결과를 보여줬다.

언어와 외국어는 장담대로 만점이었다. 수리를 채점하고 있던 영석도 환호성을 질렀다.

"한 문제밖에 안 틀렸어!!"

둘은 얼싸안고 비명을 지르며 뛰어댔다.

"후우, 후우 치, 침착하고 탐구도 채점해 보자."

진희가 지쳤는지 숨을 고르며 말했다.

방 안은 순식간에 시계의 초침이 움직이는 소리와 빨간 색연필이 종이에 긁히는 소리만으로 가득 찼다.

스윽,

슥.

탐구 영역은 한 문제의 차이가 등급을 가르기 때문에, 되도록 만점을 받는 게 속 편했다.

그만큼 긴장이 되는 작업이었다.

"후, 일단 사탐 만점."

"과탐은……."

이제 영석과 진희를 기다리고 있는 건 과탐이었다.

스윽.

동그라미를 치는 진희의 손이 덜덜 떨렸다.

그걸 지켜보는 영석도 연신 침을 삼키며 긴장감을 달랬다.

스윽…….

"좋아!!"

"예쓰!!"

진희가 마지막 동그라미를 치고 영석에게 우악스럽게 안겼다.

"어, 어… 넘어져!"

진희의 의도와 다르게 영석은 선수답게(?) 쓸모없이 운동신경이 좋아서 균형을 잡고 버텼다. 진희가 쿡 웃으며 영석에게 입을 맞췄다.

쪽.

단순한 뽀뽀가 농후한 키스로 넘어가는 데는 아주 잠시의 시간이 소요됐을 뿐이다.

"후우, 숨 막힌다."

먼저 입을 맞춘 진희가 입을 떼고 영석의 목을 감은 채 지그시 영석의 눈을 바라봤다.

'위험하다.'

영석의 직감이 경종을 울렸다.

수능은 잘 봤고, 집에는 부모님도 없이 단둘인 상황, 공인된 커플……

남녀가 선을 넘기엔 충분히 차고 넘치는 여건이었다.

'그런 눈으로……'

진희의 눈빛이 무얼 뜻하는 건지 영석은 알 수 있었다.

도합 40년 가까이 살아왔던 영혼은 괜히 나이를 먹은 것이 아니었다.

하지만 일말의 거부감이랄까, 죄책감 같은 것이 스멀스멀 올라왔다. 그렇다고 해서 영석 본인의 의지로 진희의 뜻을 거부하고 싶지도 않은 상황. 그야말로 진퇴양난(進退兩難)이었다.

"……"

온몸을 딱딱하게 굳힌 채, 거부하지도, 응하지도 않는 영석의 몸을 안고 있는 진희가 다시 입을 맞추러 가는 순간.

드륵, 철컥.

현관문이 열리는 소리가 났다.

진희가 깜짝 놀라며 몸을 떼자 안도의 한숨인지 아쉬움의 한숨인지 모를 한숨을 내뱉은 영석이 말했다.

"부모님… 오셨네. 어서 가서 말씀드려. 수능 하나 틀렸다고."

진희는 잠시 영석을 째려보다가 말했다.

"아직 기회는 많아."

많은 것을 내포하고 있는 한마디를 남긴 채 방문을 열고 부모님을 맞이하러 가는 진희의 뒷모습을 본 영석이 아무에게도 들리지 않을 목소리로 중얼거렸다.

"아직 미성년자야, 너나 나나."

＊      ＊      ＊

"뭐?! 정말이야?!"

영석의 연락을 받은 부모님이 경악성을 남긴 채 진희의 집으로 쳐들어왔다.

언제 샀는지, 케이크와 와인을 손에 쥐고 말이다.

"오셨어요?"

"아, 예. 축하드립니다!"

영석의 부친이 점잔을 떨고 있는 순간 모친 한민지가 진희의 부모님을 본체만체하고 신발을 벗어 던지고 진희에게 달려갔다.

"진희야!!"

"아줌마!!"

둘은 감격의 포옹을 했다.

한민지는 영석에게 하듯 진희에게도 아낌없는 키스를 퍼부었다.

"요요 귀여운 녀석!"

"꺄악, 간지러워요."

그렇게 모두의 시선을 받으며 두 여자는 알콩달콩 사랑을 나누었다.

"하하! 진희가 운동을 한다고 할 땐 걱정했는데, 제 부모보다도 훨씬 좋은 대학을 가게 될 줄이야……."

"하하하… 정말 잘됐습니다, 김 사장님. 일단 한 잔 받으시죠."

식사 자리는 화기애애하게 이어졌다.

"아, 맞다. 뉴스 봐야지. 수능 얘기 나오겠다."

라며 진희가 TV를 켠 순간까지는 말이다.

―…금일 치러진 2001년도 수능은 역대 최악의, 이른바 '물수능'이라는 평가를 받고 있습니다. 지금까지 집계된 만점자가 무려 60명에 이르고…….

툭. 툭.

앵커의 브리핑에 식사를 하고 있던 모두가 젓가락을 내려놓고 화면에 집중했다.

―…400점 만점인 이번 수능에서 380점 이상의 고득점을 받은 수험생은 무려 3만여 명에 육박할 것으로 보입니다. 이 수치는 전년에 비해 다섯 배 높은 수치입니다. 일각에서는 김대중 정부의 계속되는 수능 정책에 대해 비판의 목소리를 키우고 있습니다…….

"영석아… 어떡해."

진희가 울상을 지으며 영석을 바라봤다.

영석은 단호하게 답했다.

"진희의 점수는 가채점 결과 398점이에요. 목표했던 한국대 체육교육학과는 충분히 들어가고도 남습니다. 아니, 과수석으로 입학할 거예요. 걱정 마시고 다들 먹던 거 계속 먹어요, 우리. 진희 너도 이리 와서 밥 먹어. 걱정할 거 없어. 전국의 모든 수험생을 1등부터 줄 세워도 넌 100등 안에 들어갈 거야. 전혀 문제없어."

영석의 말에 잠시 싸늘하게 정적이 흘렀던 식탁이 서서히 풀리기 시작했다. 영석의 모친이 투덜거렸다.

"저놈의 앵커가 말을 저따위로 해서 놀랐잖아."

"그러게 말예요."

"저, 전 다시 가채점하고 올게요."

진희가 불안한지 방에 들어가려고 하자 진희의 아버지가 말했다.

"됐다. 밥 먹고 다 같이 하자꾸나. 그럼 확실하지 않겠니?"

"…응."

'빌어먹을 뉴스.'

사실만을 말한 뉴스가 뭔 잘못이 있겠냐마는 영석은 이를 바득 갈며 속으로 욕을 퍼부었다.

Chapter 19
**Restart**

수능이 끝나고 비보(悲報) 아닌 비보를 뉴스로 접했었지만, 가채점 결과 여전히 틀린 문제는 1문제밖에 발견되지 않았던 진희는 기운을 차렸다. 하지만 그날은 크게 기뻐하지도, 즐기지도 못하게 됐다.

　다음 날, 영석은 진희의 기분을 풀어주기 위해 외출 준비를 하며 어디론가 전화를 걸었다.

　"아, 예. 저 이영석입니다, 교수님. 이른 아침에 결례를 범한 건 아닐까 모르겠습니다."

　—허허… 결례는 무슨. 나중에 시합 한번 같이 어울려 주면 내 나무라지 않겠네.

　교수는 너털웃음을 터뜨리며 영석에게 농을 건넸다.

"다름이 아니라 이번에 수능 있잖습니까."

영석의 말에 교수는 냉큼 그 화제를 이어갔다.

—아, 학교에서도 난리야. 수능이 많이 쉬웠나 보더군.

"네, 저번에 같이 인사드렸던 김진희 선수도 이번에 수능을 봤거든요."

—아, 김진희 선수? 잘 봤다고 하던가?

수화기 너머에서 기대에 가득 찬 교수의 음성이 들렸다.

"예, 한 문제 틀렸다고 하던데……."

—걱정할 거 없네. 합격이네. 축하한다고 전해주게. 실기는… 영석 군, 자네가 봤듯이 진희 양도 보게 될 건데, 문제없겠지?

"그럼요. 그때의 저완 달리 김진희는 이미 세계적인 선수인걸요."

영석이 자랑스럽게 말했다.

"네, 네. 그럼 실기 시험 때 뵙고 인사드리겠습니다, 교수님. 네……. 좋은 하루 보내십쇼!"

영석은 통화를 마무리하고 옷을 마저 입은 후 오늘의 일정을 체크했다.

'380점 이상이 3만 5천 명이면… 꽤 울적할 수도 있지. 사실 테니스 선수한테 수능이 뭐가 중요하겠냐마는… 아무리 봐도 수능 만점보다 US 오픈 주니어 우승이 더 대단한데…….'

내심 중얼거린 영석은 진희가 속상해하는 이유가 자신 때문인 것을 알고 있었다.

어렸을 때부터 공부 공부 노래를 부른 건 다른 누구도 아닌 영석 자신이었으며, 한국대에 같이 다니고 싶다고 말한 것도 영석 본인이었다. 수능을 잘 봤다 해도 한국대 입학을 자신할 수 없는 지금은, 진희에게 짜증을 유발하기에 합당했다.

'이딴 걸로 슬럼프라도 오면 본말전도(本末顚倒)다. 오늘 어떤 일이 있어도……'

그만큼 오늘 영석이 맡은 임무는 특별했다.

*       *       *

진희의 손을 이끌고 데이트를 나가게 된 영석은 빌라 단지 입구에서 남녀와 마주치게 됐다.

"안녕하십니까."

영석과 진희에게 정중하게 인사한 남자.

180㎝를 조금 넘는 키, 키에 비해 골격이 작은 것인지 조금 호리호리한 몸의 선이 양복의 맵시를 맛깔나게 살려준다. 스포츠머리에 단정한 안경이 절도 있으면서도 신뢰를 주는 인상을 완성한다.

같이 인사를 한 여자도 있었다.

170㎝를 조금 넘는 큰 키에, 조금은 골격이 큰 탓에 여장부 같은 느낌을 주는 여자는 정장보단 트레이닝복이 잘 어울릴 것 같은 털털한 여자로 보였다.

둘 다 제법 깔끔하고 좋은 인상이어서 그런지, 선남선녀로 보였다.

"아, 예……."

영석과 진희가 멀뚱멀뚱 쳐다보자 남자가 입을 열었다.

"혹시 연락받지 못하신 겁니까? 에이전트 겸 매니저 역할을 하게 된 강춘수라고 합니다."

"저는 동생 강혜수라고 합니다."

둘의 정중한 자기소개에 영석은 김용서 대표와의 만남을 떠올렸다.

'그런 말을 했었던 거 같기도 하고……'

"아, 네. 반갑습니다. 전 이영석입니다."

"김진희입니다."

그렇게 악수를 건네고 있지만, 사실 영석의 속내는 편치 않았다.

'정신없이 놀게 해서 스트레스 좀 풀었으면 좋겠건만……'

그런 영석의 불편한 기색을 느꼈을까. 남자, 강춘수는 담담하고 차분하게 말했다.

"오늘은 인사만 드리러 왔습니다. 다음에 다시 찾아뵙고 일정을……."

"아녜요."

진희가 강춘수의 말을 잘랐다.

모두가 의아한 눈으로 바라보자 진희가 말했다.

"두 분은 그러니까… 앞으로 우리랑 해외를 돌아다닐 분들인 거 맞죠?"

"네."

"저는 강혜수 씨와, 영석이는 강춘수 씨와 같이 다니는 거고요?"

"네, 맞습니다."

강혜수도 답했다.

"그럼 잠시만 기다려 주세요. 아참, 차 있어요?"

"네."

진희는 고개를 끄덕이더니 영석을 보며 말했다.

"오늘 나 때문에 신경 쓰게 해서 미안해. 영석이 네가 나랑 놀아주려는 것도 괜히 내가 불안해해서 그런 거지?"

"……."

영석은 침묵으로 긍정을 대신했다. 진희가 빙긋 웃으며 말했다.

"오랜만에 한 게임 치자."

"시합하자고?"

영석이 얼떨떨하게 되물었다.

"응, 시합. 진검승부로. 정신없이 뛰다 보면 개운해지겠지."

"하하! 그래그래. 알았어."

"나 기특해?"

진희가 물었다. 영석은 크게 고개를 끄덕였다.

"물론이지."

"헤헤……. 그럼 춘수 씨랑 혜수 씨는 조금만 기다려 주세요. 금방 옷 갈아입고 올게요."

영석과 진희는 힘들게 고민했을 말쑥한 옷차림 대신 트레이 닝복을 입는 걸 결정했다.

＊　　　＊　　　＊

"…테니스장입니다. 여기서 가까우니까 제가 설명드릴게요."

"알겠습니다."

운전석엔 강춘수가, 조수석엔 강혜수가 앉았고, 영석과 진희 는 뒤에 앉아 새 라켓을 꺼내 구경하고 있었다.

"그러고 보니 계약하고 처음으로 실전에서 쓰게 되는 거네."

진희가 말했다. 영석은 진희의 말에 딴죽을 걸었다. 도발도 살짝 섞어서 말이다.

"실전이라니… 각오가 대단한데? 이길 수 있겠어?"

"흥! 오늘이 기념할 첫 승의 날이 될 거야."

그렇게 의지를 다지는 진희의 머리를 쓰다듬은 영석이 앞을 보며 물었다.

"정신없게 해서 죄송합니다. 강춘수 씨라고 하셨죠? 강혜수 씨랑."

"아닙니다. 저희도 두 분의 시합을 지켜보며 기량을 파악할 수 있는 좋은 시간을 갖게 됐습니다."

강춘수의 말에 영석이 눈썹을 꿈틀거리며 물었다.

"아, 테니스 쳐보셨어요?"

강춘수는 쌈박하게 대답했다.

"네. 열여섯 살 때까지 선수 생활을 했습니다."

"저도 열여섯 살까지 선수 생활 했습니다."

강춘수가 눈짓을 주자 강혜수가 얼른 이어서 답했다.

"…저랑 같은 나이일 때까지 선수 생활을 하셨군요."

영석이 조심스럽게 말을 하자 강춘수가 말을 이었다.

"저흰 재능이 없다는 걸 느껴서 학업으로 진로를 틀어 영국에 있는 버밍엄 대학(University of Birmingham)에서 스포츠 과학(Sports Science)을 전공했습니다."

"이야… 명문을 나오셨군요."

영석이 알은체를 하자 강혜수가 물었다.

"버밍엄 대학을 아세요?"

영석이 고개를 끄덕였다.

"물론 잘 알죠. 영국 전역에서 스포츠 관련으로는 한 손에 꼽히는 명문대 아닙니까."

영석이 추켜세우자 강춘수와 강혜수는 머쓱하게 웃었다.

"진짜 영재분이 칭찬해 주시니까 몸 둘 바를 모르겠네요."

그렇게 화기애애하게 칭찬을 주거니 받거니 하면서 분위기가 좋아지나 싶었는데, 영석이 날카롭게 물었다.

"물론 대학생 때도 테니스를 쳤겠죠?"

"물론입니다. 한시도 손에서 뗀 적이 없는걸요."

강춘수와 강혜수는 대학 얘기를 할 때보다 더 자부심 넘치는 얼굴이었다.

"그럼 히팅 파트너(Hitting partner)의 역할도 할 수 있겠네요."

"모자라지만 최선을 다하겠습니다."

강춘수의 말에 영석이 빙긋 웃었다.

"이거, 에이전트의 역할, 매니저의 역할, 히팅 파트너로의 역할까지… 김 대표님이 최고의 인재를 붙여주셨군요. 잘 부탁드립니다."

*       *       *

"코치님!!"

진희가 차에서 내리자마자 이유리를 찾아 이리저리 뛰어다니더니 그녀를 발견하고선 냉큼 품에 안겼다.

"우리 진희 왔어?"

나이를 먹어도 여전히 미모를 자랑하는 이유리가 진희를 부등켜안았다.

"얼마 전에 봤는데, 오랜만에 보는 것 같구나. 역시 우승을 해서 그런가?"

한편에선 최영태와 영석이 포옹 대신 악수를 나누며 인사를 주고받았다.

"오늘은 하루 종일 시합을 하러 왔어요."

"시합?"

"우선 저희 매니저이신… 강춘수 씨와 강혜수 씨입니다."

"아~ 그래?"

최영태가 시선을 주자 강춘수와 강혜수는 특유의 정중함으로 다가와 최영태와 이유리에게 명함을 건네며 인사를 했다.

그렇게 인사를 대충 다 나누자 영석이 말을 이었다.

"우선 훈련 빡세게 1시간 정도 받고 싶어요. 그 후엔 진희가 원하는 대로 시합을 계속할 거고요. 코트 비는 곳 있어요?"

"너희가 쓴다면야 준비는 할 수 있지. 잠시 기다려라."

최영태가 무뚝뚝하게 말하고 걸음을 옮겨 실내 코트로 사라졌다. 이유리 낮게 웃으며 말했다.

"저 양반, 너희가 미국에서 퓨처스 우승할 때까지만 해도 좋아했었는데… 냉큼 US 오픈 주니어까지 우승하니까 허무해하더라… 더 가르칠 거 있다면서 아쉬워하고……"

이유리의 말에 영석이 신기한 말을 들었다는 듯 물었다.

"네? 왜 허무해하셔요? 앞으로 가르쳐 주시면 되지."

"응?"

"네?"

서로 커뮤니케이션이 원활하지 않자 어색한 정적이 흘렀고, 영석이 머리를 짚으며 말했다.

"아니… 그러니까, 저희 전속 코치는 당연히 영태 코치님이랑 유리 코치님이 해주셔야 되는 거 아녜요?"

"맞아 맞아."

"……"

진희는 동의를 했고, 이유리는 말없이 조금은 슬픈 웃음을 띠었다.

"너흰 우리한테 배워선 안 돼. 더 훌륭한 코치들이 전 세계에 모래알같이 많다."

금세 코트를 정비하고 온 최영태가 단호하게 말했다.

영석은 그 말에 보기 드물게 목소리를 높여 항변했다.

"아니 아니, 무슨 말씀이세요, 지금. 코치와 선수는 그런 단순한 관계가 아니잖아요."

최영태도 물러나지 않고 말했다.

"무슨 소리. 선수는 코치를 고용해서 그들의 노하우를 배우고 스스로의 기술을 갈고닦는다. 그게 무엇보다 우선돼야 해."

영석이 눈을 치켜뜨며 화난 기색으로 말했다.

"아니……!!"

"나 임신했어."

쏴아악.

찬물을 끼얹은 듯 분위기가 일시에 가라앉았다.

영석의 화난 기색도, 최영태의 고집스러운 표정도 씻은 듯 사라졌다.

"축하해요!"

영석과 최영태의 대화에서 한 발짝 물러나 있던 진희가 이유리를 향해 눈을 반짝이며 축하를 건넸다.

"…그러네요. 코치님들은 저희랑 같이 갈 수 없겠네요……. 그렇지만 축하드립니다!"

영석이 시무룩하게 말하자 내심 놀란 최영태와 이유리, 진희는 모두 영석을 봤다.

10년 가까이 붙어 지냈던 셋은 영석이 성격에 안 맞게 구는 게 납득하기 힘들었다.

하지만 영석은 영석 나름의 이유가 있었다.

'왼손 포핸드, 스텝, 서브… 모든 걸 다 가르쳐 주셨는데……'

영석과 진희가 승승장구하는 이유 중 가장 큰 요소는 그들의 재능과 노력 덕분이지만, 최영태와 이유리의 가르침 역시 우열을 가릴 수 없을 만큼 큰 비중을 차지했다. 거기에 10년 아닌가. 10년을 붙어 다니며 테니스에 매진하고 살았는데, 그들이 한국에 남겠다는 말을 듣자 자신의 살점이 떨어지는 것 같은 고통을 느낀 영석이었다.

"저, 저! 얼른 훈련하고 시합하자! 응? 그리고 부모님도 초대해서 축하 파티도 하고!"

시무룩한 기색을 숨기지 않는 영석을 위로하려는 심산인지, 진희가 짐짓 활기차게 말했다.

"춘수 씨랑 혜수 씨도 옷 갈아입고 와요. 오늘은 하루 종일 시합할 거니까. 복식도 하자고요."

*    *    *

펑!! 펑!!

역시 복잡한 심사를 해결하는 데에는 몸을 움직이는 것만큼 합리적인 방안이 없다.

영석은 땀을 죽죽 흘리며 공에 집중했다. 가라앉았던 기분이 조금씩 사라지며 후련함으로 바뀌기 시작했다. 그건 진희도

마찬가지였는지, 시합 때는 잘 들려주지 않는 기합으로 훈련에
임했다.

"헉… 헉……."

단순히 공을 던져주는 최영태와 이유리도 빠른 페이스에 지
쳤는데, 영석과 진희는 반시체의 상태가 됐다. 한 시간을 전력
으로 뛰어다니는 것은 사람이 할 짓이 못 됐다.

"헥… 아, 죽겠다."

진희가 갈라진 목소리를 여과 없이 드러내며 말했다.

"시합… 해야지?"

영석도 드러누워서 숨을 고르며 진희를 도발했다.

"치사하게… 10분만 쉬고 하자."

진희도 냉큼 코트에 드러누워 눈을 감고 숨을 고르기 시작
했다.

최영태와 이유리는 그런 둘을 아련한 눈으로 바라보고 있었
다. 강춘수와 강혜수는 노트북을 꺼내어 영석과 진희의 정보
를 입력하고 있었다.


통통…….

진희는 진심이었는지, 번뜩이는 눈을 하고서는 영석을 날카
롭게 바라봤다.

반면에 공을 라켓에 튀기고 있는 영석은 영 진심으로 시합
에 임할 수가 없었다.

'어떻게 진희를 상대로…….'

어렸을 때야 진희를 가르친다는 생각으로 살살 시합해 줬었다. 하지만 지금은 아니다. 둘 다 나이는 어리지만 엄연히 프로선수다. 실력의 차이는 크지 않을지언정, 남녀의 차이는 크다.

"서브."

심판석에는 최영태가 앉아 있었고, 강춘수와 강혜수가 부심을 자처했다. 이유리는 벤치에 앉아 시합을 지켜보고 있었다.

최영태가 지시하자 영석은 이를 악물고 토스를 했다.

펑!!

"이!! 영!! 석!!"

진희가 버럭 소리를 질렀다. 영석이 움찔하며 놀란 눈으로 바라봤다.

"봐주지 말랬지?! 최선을 다하라고!"

진희의 눈은 화로를 그대로 옮겨놓은 듯 뜨겁게 불타오르고 있었다.

'어떻게 너한테 최선을 다하냐.'

속으로 말을 삼킨 영석이 고민에 빠졌다.

'어쩐담……'

늘 보호해 줘야 했고, 자신의 품 안을 울타리 삼아 지금까지 같이 잘 살아왔다고 생각했다. 하지만 미국에서의 독립선언 이후부터 진희는 차츰차츰 영석에게 미지의 생물이 되어가고 있었다. 그러더니 마침내 영석에게 진검승부를 하자고 하는 것 아니겠는가.

'하아……'

부모는 아니지만, 비슷한 포지션에 위치해 있던 영석은 자기도 모르게 진희를 동등한 대상이 아닌, 보살펴야 하는 대상으로 여겼다. 스킨십을 하고 많은 것을 공유하며 살아도 마음 한구석엔 '자식'이랄까, '동생'이랄까 하는 미묘한 감정이 있던 것이다. 얼마 전에 단둘이 방 안에 있던 위험한 상황에서도 영석은 머뭇거릴 수밖에 없었다.

  진희는 지금 그걸 깨라고 영석에게 외친 것이다. 아니, 줄기차게 외쳐온 것이다.

  영석은 이제야 진희의 의도를 알게 됐다.

  '안다고 해도 말이지……'

  사람은 생각이 바뀌기는 쉬워도 의식을 바꾸기는 힘들다.

  영석은 제한 시간이 얼마 남지 않자, 일단 토스를 올렸다.

  '일단, 최선을 다하는 척이라도… 해야지.'

  *　　　*　　　*

  "게임 셋."

  숨을 헐떡이는 진희에 비해 조금의 여유가 남은 영석이 네트로 다가와 진희를 기다렸다.

  스코어 6 : 1, 6 : 0, 6 : 3으로 영석의 압도적인 승리였다.

  "그래도 봐주면서 했어… 씨이."

  네트에 다가온 진희가 장난스럽게 툴툴거렸다.

  머리를 긁적인 영석이 답했다.

"아니… 열심히 했는데……."

"그럼 내가 이재림이랑 시합하면 이기겠네?"

신랄하게 빈틈을 찌르는 진희의 말에 영석은 아무런 말을 하지 못했다.

그 모습을 본 진희가 피식 웃으며 말했다.

"괜찮아. 고마워, 시합해 줘서."

진희가 악수를 건넸다. 영석은 그 손을 마주 잡았다.

영석도 진희도 마음에 무엇인가를 품고 있었다. 오늘 영석은 그 무엇인가의 크기를 키웠고, 진희는 줄였다.

칭찬은 어디선가 갑자기 불쑥 찾아왔다.

"정말 잘하시네요……. 특히 진희 선수."

강춘수였다. 옆에 강혜수도 동의한다는 듯 고개를 끄덕였다.

진희가 자신을 가리키며 말했다.

"저요?"

"네. 두 선수의 모든 시합 영상은 이미 저희가 수십 번도 더 봤습니다. 오늘 눈으로 확인해 보니 더 확신이 드는군요. 영석 선수는 이미 프로 사이에서도 최정상을 노릴 수 있다고 생각합니다. 이미 충분히 완성되어 있어요. 남은 건 신체의 성장과 성장에 따른 변화를 조율하는 과정만 거치면 됩니다."

"더 커야 될까요?"

영석이 궁금한 듯 묻자, 강춘수는 안경을 손가락으로 올리며 답했다.

"지금 영석 선수는 열여섯 살에 183㎝입니다. 앞으로 남은 성장 기간을 생각해 본다면 190㎝ 초반까지는 자랄 수 있다고 봅니다. 충분히 그 신장을 살릴 수 있는 발과 힘, 운동신경을 가졌다고 판단할 수 있습니다. 그리고 진희 선수는……,"

강춘수가 눈짓하자 강혜수가 얼른 말을 이었다.

모두의 시선 또한 강혜수에게 집중됐다.

"진희 선수는 여자 선수 중에 압도적으로 빠른 발을 갖고 있어요. 그리고 약점이 없는 스트로크와 서브, 탁월한 발리까지… 능력을 효율적으로 발휘하시면 충분히 세계에 통할 수 있다고 생각합니다. 이미 이바노비치를 꺾으며 세계적인 수준으로 올랐다고 생각하지만 말이죠."

"세레나는? 그 엄청난 언니는요?"

진희가 묻자 강혜수가 난처한 듯 말했다.

"세레나와 지금 대결한다고 한다면… 아쉽게도 진희 선수가 패배할 확률이 높습니다. 세레나는 진희 선수의 모든 능력을 힘과 스피드 단 두 가지로 무너뜨릴 수 있습니다. 이에 대한 대비책으로… 이런 플랜을 짜봤습니다."

강혜수가 단정하게 정리된 노트를 보여줬다.

"근육, 속도… 밸런스? 이건 무슨 말이죠?"

진희가 묻자 강혜수가 답했다.

"앞서도 말했듯 진희 선수는 압도적으로 발이 빠릅니다. 하지만 그에 비해 근력이 다소 부족한 것으로 보입니다. 근육을 키운다는 건… 몸이 무거워진다는 걸 뜻하기도 하죠. 진희 선수의 장점을 죽이게 되는 경우가 발생할 수도 있죠. 즉, 근육

은 필요한 만큼만, 등과 허리를 집중적으로 단련하고 그다음
엔……."

한참 브리핑을 이어가고 있는 강혜수와 진희의 모습을 멍하
니 보는 영석의 머리에 손이 턱 올라왔다. 최영태였다. 본인보
다 더 커버린 제자여서 머리에 손을 얹은 모양새가 보기 조금
그랬으나, 최영태도, 영석도 전혀 어색해하지 않았다.

"봐라. 너희가 점점 더 올라갈수록, 너희가 필요로 하는 것
은 바뀌게 된다. 저런 간략한 정보만 들어도 알 수 있지 않느
냐. 하물며 코치는 어떨까. 더욱더 훌륭한 코치를 찾아서 그들
을 데리고 다녀라."

영석의 뇌리에 사판의 코치가 떠올랐다.

잠깐의 조언이 큰 도움이 돼서 영석의 무실 세트 우승에 크
게 일조했다. 분명 최영태의 말은 옳았지만, 영석의 마음은 말
끔해지지 않았다.

"…그럼, 제가 1위가 되면, 온갖 상을 다 쓸어 담아서 더 이
상 누군가에게 기술적인 조언을 구할 필요가 없어지게 된다
면… 그땐 코치님이 전속이 되는 겁니다."

말하는 영석 본인도 자신이 얼마나 어린아이처럼 땡깡을 피
우는지 잘 알고 있었다. 이런 말을 하는 본인이 전혀 이해가 되
지 않았으니 말이다.

"그럴 일도 없겠지만, 그 정도로 위대한 선수가 된다면 코치
가 왜 필요하겠어?"

최영태가 말하자 영석이 씨익 웃으며 답했다.

"멘탈요, 멘탈. 테니스의 시작과 끝은 멘탈입니다. 제 멘탈을 위해서 코치님이 필요하게 될 것 같다는 예감이 듭니다."

"이 녀석……."

최영태가 마침내 참지 못하고 웃음을 터뜨리며 영석의 머리를 헝클었다.

*　　　　*　　　　*

"실기?"

"응, 실기 시험도 봐야지."

"아, 맞다. 체육교육학과였지. 수능 하나 틀려도 실기는 봐야 되는 거야?"

진희가 당돌하게 물었다. 말에는 자부심이 묻어났다.

"당연하지. 안 그러면 뭐하러 체육 관련 학과를 쓰겠어? 나도 실기 봤잖아. 기억나지?"

영석은 진희의 기억을 되살리려 노력했다.

"공 몇 번 뻥뻥 치고, 운동장 뛰고, 철봉? 좀 했었고… 그리고 끝 아니었어?"

국내 최고의 대학에서 엄정하게 치르는 실기 시험을 진희는 매우 간단하게 표현했다.

"…뭐, 틀린 말은 아닌데……."

영석은 보충 설명을 통해 진희가 조금 더 신경을 쓰게끔 만들고 싶었다.

"일단, 전공 실기와 기초 실기가 있어. 이 두 개를 모두 치러야 해. 전공 실기는 테니스 골라서 하면 문제없겠지. 누가 널 이기겠어……. 거기 도전하는 입시생들은 남녀 다 덤벼도 너 못 이기겠다. 기초 실기는 100m 달리기, 제자리멀리뛰기, 높이뛰기, 턱걸이, 공 던지기… 말하고 보니 네 말이 맞구나."

영석과 진희 모두 특기 입학이 아닌 일반 전형으로 입학을 노리다 보니 오히려 실기는 이 둘에게 너무나 기준이 낮았다.

"공부 잘하면 이렇게 편하잖아."

괜히 머쓱해진 영석이 큰소리쳤다.

영석과 진희의 긴장은 거의 말소되다시피 했지만, 진희는 너무나 가뿐하게 실기 시험을 압도적으로 통과했다. 19년을 평범하게 살아온 일반 학생들이 무력감에 빠질 정도로 철저했고, 압도적이었다.

"앞으로 남은 일정은 면접이야. 그때 봤던 교수님 기억하지? 그분을 포함해서 몇 명의 교수님들이 면접을 볼 거야. 열심히 하겠다, 잘하겠다. 학교생활을 충실히 하겠다. 목표는 그랜드슬램이다. 나중에 이런 경험을 밑천 삼아 후학을 기르는 데에 노력할 거다……. 이렇게 말하면 돼. 뭐 더 말할 것도 없고."

영석은 안도의 한숨을 내쉬었다.

2006년 이후에는 논술이다 뭐다 해서 많은 학생들이 엄청난 패닉 상태에 빠졌었기 때문이다.

'공부랑 관련된 거 아니면 책 한 권 읽지 않는 진희에게 논술은 무리야…….'

새삼 2000년인 게 너무나 감사한 영석이었다.

*　　　　*　　　　*

진희의 합격 소식도 들려왔고, 계약도 모두 마무리되어 12월 후반부를 모두 훈련에 매진한 영석과 진희는 카페에 앉아 강춘수와 강혜수에게 말했다.

"이제 슬슬 움직여야죠?"

"…네."

진희가 물었다.

"비용 같은 건 어떻게 처리되는 거예요?"

"모든 비용은 한신은행에 청구될 겁니다. 저희의 월급까지도 말이죠. 여러분은 마음 편하게 투어를 다니면 됩니다."

고개를 끄덕인 영석이 물었다.

"혹시 일정을 잡아놓은 게 있나요?"

탁자 위에 놓인 노트북 두 대 중 한 대를 영석과 진희에게 보여준 강춘수가 브리핑을 시작했다.

"우선, 많은 선수가 그렇듯 저희도 1월의 호주 오픈, 5~6월의 롤랑가로스, 6~7월의 윔블던, 9월의 US 오픈에 맞춰서 일정을 잡을 겁니다. 그리고 10월의 도쿄 오픈으로 2001년을 마무리 지을 예정입니다."

"그럼 첫 대회는 호주 오픈을 대비하기 위해서라도 호주에서 열리는 대회에 참가하는 게 좋겠군요."

"네, 첫 대회는 시드니에서 열리는 'Adidas International'입니다. 이 대회의 특징은……."

강춘수, 강혜수와 함께 일정을 잡으니 혼자 머리를 굴려 진희와 함께 브레이든턴 오픈과 US 오픈에 참가했던 게 갑자기 먼 옛날처럼 느껴진 영석이었다. 불과 몇 달 전이었는데 말이다.

'이제야말로 비로소 진정한 투어(tour)가 시작되는군.'

강춘수의 설명을 듣는 영석의 눈이 새파랗게 빛났다.

Chapter 20
## 호주로

찌르르…….

풀벌레가 한껏 목청을 키워 노래를 불러봤지만, 바람이 초목(草木)을 스치고 지나가는 소리에 아스라이 사라졌다. 빼어난 자태를 드러낸 초승달은 사방으로 은은한 손길을 뻗쳤고, 달을 수호하듯 촘촘하게 모인 별장군들은 근엄했다.

그리고 이 모든 하늘의 풍경은 출렁이는 물결에 데칼코마니처럼 자리 잡았다. 경계가 되는 물결의 흐느적거림은 제법 몽환적이어서 같은 듯 다른 하늘을 따로 품고 있었다.

"……."

사람의 숨소리가 더해지자 생명력이 생겼다. 물결은 힘을 내서 더욱 몸을 출렁였고, 달의 빛도 구불거리기 시작했다.

"이런 취미가 있는지는 몰랐네요."

흐물거리는 경계선의 아래편에서 사람의 목소리가 들려왔다. 물가에 의자를 살며시 놓고 그 위에 앉아 있는 두 실루엣이 달의 기운을 흠뻑 빨아들이고 있었다.

"네가 앞으로 투어 생활을 하며 우리의 품에서 멀어져 갈 걸 생각하니 제법 쓸쓸하더구나. 마음을 달래기 위해서 네 엄마랑 이것저것 해보는 중이다."

달은 조명을 비춰 화자의 얼굴을 은근히 드러나게 했다.

차분한 얼굴이 굉장히 인상 깊은, 눈가에 자리 잡은 주름이 아니라면 중년이라는 게 믿기지 않는 인물, 이현우다.

"…제가 불효자네요."

달은 귀찮다는 듯 제법 거칠게 조명의 방향을 틀었다.

음영이 꿀렁이며 청년이라기보다 아직은 청소년에 가까운 화자의 얼굴을 드러냈다.

이현우의 아들, 이영석이다.

"됐다. 그런 말 들으려고 꺼낸 말 아니다."

"……."

부자는 서로의 얼굴을 바라보며 얘기하지 않았다. 하염없이 전방을 주시하고 있었는데, 그들의 시야를 열심히 좇아가면 캄캄한 허공 속에서 벽에 박힌 못처럼 하염없이 움직일 생각을 않는 연둣빛 야광색의 점이 보인다.

"낚시는 말… 왔다!!"

이현우가 말을 하다 말고 몸을 천천히, 그리고 차분히 일으키며 손을 앞으로 뻗었다.

사아악.

조심스럽게 낚싯대의 손잡이를 움켜잡는 소리가 대기를 가르며 영석의 귀에 꽂힌다.

꿀꺽.

영석이 마른침을 삼키며 이현우를 주시했다. 아니, 이현우의 시선 끝을 같이 주시했다.

꿈틀.

형광색 점이 잠시 허공에서 무너지듯 꿈틀거리며 현란한 궤적을 선사했다.

"지금!!"

휘이이이익!!

날카롭게 대기를 가르는 소리와 함께 이현우는 낚싯대를 쳤다.

"이런……."

덜컥— 무게감이 손목을 자극하며 짜릿한 쾌감이 이어져야 하는데… 쌍바늘에 꿰어 있던 지렁이가 반 토막 난 것만 확인했다.

"갉아먹었나 봐요. 송사리겠죠, 뭐."

"어어……!! 너!! 앞에 봐!!"

상심한 걸 달래려 말을 건넨 영석을 향해 이현우가 경각심이 가득한 외침을 들려줬다.

"……!!"

영석이 순식간에 긴장을 하며 낚싯대에 손을 가져다 대었다.

몇 번 해봤다고 벌써 낚싯대를 세 대나 편 이현우와 달리 생초짜인 영석은 딱 한 대만 폈었고, 지금의 입질이 오기까지 계속해서 지루함과 싸워야 했다.

'침착하자, 후욱, 후욱… 난 세계 톱 플레이어가 될 사람이야. 고작 붕어 놈의 수작질에 내가 놀아날 리 없어. 침착해, 이영석. 넌 세계 최고다.'

허공에서 춤추는 연둣빛 야광색의 정체는 찌 끝에 끼우는 케미컬 라이트다.

영석의 케미컬 라이트가 잘게 떨리더니 크게 요동치며 수면 밑으로 빨려들어 갔다.

옆 사람도 안 보이고, 심지어 하늘과 땅의 경계도 구분하지 못할 만큼 어두웠기에 케미컬 라이트의 움직임이 더 크게 다가왔다.

'어디서 개수작이야. 난 속지 않아. 지금 채봤자 허탕이겠지. 난 네가 떡밥을 빨아들일 그 순간을 기다리고 있어.'

이현우에게 잠깐 배운 바로, 붕어가 떡밥을 먹고 끌고 들어가면 찌가 가라앉고, 그 자리에서 물과 함께 떡밥을 삼키려고 하면 찌가 위로 솟는다고 했다. 영석은 붕어가 되어, 오로지 붕어로서 생각했다. 식은땀과 함께 전신의 근육이 팽팽하게 긴장한다.

'자, 자 여기서 두 마디만 올려라.'

"지금!!"

케미컬 라이트가 꿈틀거리며 점잖게 솟아오르자 희열에 찬 영석이 허공을 가르는 일갈과 함께 힘차게 낚싯대를 챘다.

휘이이이익!!

소름 끼치는 소리, 긴 막대가 바람을 가르는 소리가 대기를 크게 울렸다.

"…이, 이럴 수는 없어."

영석은 이현우와 달리 외바늘을 썼는데, 달아둔 떡밥이 감쪽같이 사라졌다.

옆에서 이현우가 한심하다는 듯 말했다. 평소와 다르게 말을 길게 하는 걸 보니 영석을 놀릴 생각임에 틀림없다.

"하… 너무 급했어. 한 마디쯤 더 올라왔을 때 챘어야지… 쯧. 내가 낚시터를 왜 데리고 왔겠어. 항상 동적으로 살아가야 하는 테니스 선수인 너의 멘탈을 위해 온 거 아니겠니. 차분한 마음으로 하늘과 땅의 경계를 무너뜨리는 이 밤낚시의 묘미를 즐겨봐. 방금도 그래. 조금 더, 아주 조금의 여유만 너한테 있었으면 결과물은 얻을 수 있었어. 자, 상상을 해보자고. 네가 힘들게 힘들게 우위를 잡으며 마침내 매치포인트까지 몰고 갔어. 이제 포인트 하나만 따면 넌 승리하는 거야. 그런데 아뿔싸!! 네 정신력이 밤바람을 맞이한 촛불마냥 위태롭게 흔들리는 거야. 한 포인트……! 딱 하난데!! 그걸 도저히 못 참고 네 정신이 무너지려는 그때!! 이 낚시터를 떠올려야 하는 거야. 그러기 위해 널 데리고 온 거란다. 알았지? 크큭."

밤낚시는 잠을 자지 않고 새벽 해가 떠오를 때까지 해야 묘미다.

지금은 새벽 4시 30분. 부자는 모두 이 시간까지 쏟아지는 수마를 이겨내며 버티느라 제정신이 아니었다.

이현우가 평소라면 절대 하지 않을 농을 했던 것처럼, 영석도 부모에 대한 공경 대신 맹렬한 방어 본능이 깨어나며 반격을 시작했다.

"그러는 아빠는, 지금 전국 아마추어 3위인데, 저번에 10위 하는 아저씨한테 졌잖아요. 매치포인트?? 매에치포인트?? 무려 열 번의 브레이크 포인트를 놓친 아빠가 어찌 저에게 그런 비난을 하신단 말입니까. 아빠야말로 낚시의 참의미를 깨달으셔야 합니다."

둘의 안광이 시퍼렇게 불타올랐다.

아니, 실핏줄 때문인지 시뻘겋게 불타올랐다.

"누가 이기나 보자."

"자식 이기는 부모 없다죠."

*        *        *

풀벌레에게 바통을 받은 새들이 지저귀기 시작하는 새벽.

웅장하며 압도적인 물안개가 자욱이 허공을 머물다 대지를 향해 쏟아졌다. 10만의 군세가 몰려오면 이런 느낌일까, 영석은 몰려오는 물안개를 바라보며 묘한 감정에 휩싸였다.

긴장, 무서움, 안도, 공허… 많은 감정이 물 끓듯 거침없이 보글거리며 속을 뒤집는가 싶더니 금세 또 잔잔해졌다.

"좀 잡았어?"

뭐하러 피부 상하게 밤을 새우며 관절에 안 좋을 짓을 하냐는 타박과 함께 일찍 잠자리에 들었던 모친 한민지가 영석과 이현우의 뒤편에 있는 방갈로 문을 열고 나오며 물었다.

"……."

"……."

부자는 약속한 듯 입을 다물었다.

어색한 침묵에 눈에 이채를 띤 한민지가 피식 웃더니 컵라면을 꺼내 물을 꺼내기 시작했다.

얄미운 말 한마디와 함께.

"이야, 자연의 품에서 푹 자고 일어나 물안개를 맞이하며 먹는 컵라면의 맛이 어떨까. 아, 이것이 신선놀음이란 거겠지?"

"……."

"……."

한민지의 도발에도 영석과 이현우는 묵묵부답이었다.

입술을 삐죽 내민 한민지가 말했다.

"그럼 나 혼자 먹으라는 거지? 알았어. 햇반하고 김치도 있는데 나 혼자 다 먹으련다."

"자, 잠……."

영석이 입을 열었다.

시선은 전방의 찌를 보고 있었지만, 움직이지 않는 물체를 몇 시간이고 바라보는 것은 사실 꽤나 힘든 일이다. 컵라면을 상상하니 배가 꼬르륵거리며 마른입에 침이 고이기 시작했다.

"응?"

한민지가 모르는 척 물었고, 영석은 기어들어 가는 목소리로 답했다.

"전 우동으로요."

"흥, 난 잡기 전에 안 먹어, 못 먹어."

타협한 영석과 달리 이현우는 제법 완고했다.

한민지는 어림없다는 듯 비수를 들어 이현우를 격침시켰다.

"그래서, 지금까지 몇 마리 잡았는데?"

"……."

그렇게 세 식구는 오손도손 모여서 아침밥을 먹고 낚시터에서 철수했다.

빈 어망에서 괜한 비린내가 나는 것 같은 기분이 드는 경험이었다며 투덜거린 영석은 피곤에 지친 몸을 차 시트에 뉘었다.

＊          ＊          ＊

"다녀올게요."

아직 해가 바뀌지 않은 2000년 12월 27일.

영석과 진희는 강춘수, 강혜수와 함께 호주로 떠날 비행기를 기다리고 있었다.

탑승 시간이 다가오자 일일신 우일신, 매일매일 아름다워지는 진희가 사슴 같은 눈망울에 눈물을 그렁그렁 달고 부모님과 이별의 정을 나누고 있었다.

"……!!"

영석은 진희보다 한술 더 떴다.

차가운 공항 바닥에서 이현우와 한민지에게 큰절을 한 것이다.

"새해를 같이 못 보내는 불효자를 용서하시옵소서."

"그래, 괜찮으니 일어나거라. 바닥이 차갑구나."

한민지의 개그풍은 이제 영석과 이현우를 완전히 물들여서 가족이 늘 콩트처럼 사극 대화를 나누곤 했다. 부끄러움은 일행에서 겉도는 강춘수와 강혜수의 몫이었다. 영석 일가는 뻔뻔하게 유희를 즐겼다. 앞으로 자주 겪을 작별의 과정을 생각하면 제법 현명한 처사이기도 하다.

"소녀, 다시 만날 날을 고대하며 인사 올립니다."

물끄러미 영석의 가족이 하는 걸 지켜본 진희도 냉큼 우아하게 자신의 부모님께 절을 올렸고, 영석은 진희의 부모님에게 절을 올렸다.

그렇게 한바탕 인사를 나누고 밝은 모습으로 가족과 헤어진 영석과 진희는 퍼스트 클래스 좌석에 앉자마자 표정을 굳히며 아쉬움을 달랬다.

*       *       *

"춘수 씨."

"네."

역시나 비행기가 공중에 뜨자마자 잠에 빠져든 진희의 옆에 앉아 책을 읽던 영석이 강춘수를 불렀다. 통로를 사이에 두고 바로 옆 좌석에 앉아 있던 강춘수가 냉큼 답했다. 노트북을 꺼내서 이것저것 파일 정리를 하고 있는 모습이었다.

"우리 계약 얘기 좀 합시다."

영석은 이제 말투를 조심하지 않았다.

나이에 맞지 않은 말투지만, 조금 건방지거나, 조숙하다는 평을 받을지언정, 비상식적이라는 반응을 이끌어내진 않을 것이라는 판단을 했기 때문이다.

"한신은행과의 계약에 대해 궁금한 점이 있습니까?"

강춘수가 묻자 영석은 고개를 흔들며 답했다.

"그건 충분히 고지받아서 잘 숙지하고 있습니다. 제가 궁금한 것은 스태프 고용에 있어서 한신은행 측이 부담하는 범위… 그러니까, 코치와 영양사, 물리치료사 등등 말입니다. 그들을 고용하는 데 있어서의 인원의 한계? 금액의 한도? 그런 것을 알고 싶군요."

영석의 질문에 강춘수는 잠시 눈을 감고 생각에 빠졌다. 분명 머릿속으로 할 말을 정리하고 있을 터였다. 잠시의 정적이 끝나고 강춘수가 입을 열었다.

"지금부터 추가적으로 계약해야 하는 인원에 대해서는 저에게 말씀해 주시면 됩니다. 그럼 제가 한신은행과의 협상, 혹은 토의를 하게 되어 결정을 내립니다."

"음, 허락이라."

나직하게 새어 나온 영석의 말에 강춘수는 움찔했다. 선수 입장에선 어감이 안 좋게 들렸을 수 있다. 하지만 영석은 그리 기분이 나쁘지 않은 듯했다.

"코치를 비롯해서 투어에 필요한 인원은 플로리다의 아카데미와 협상을 해서 인원을 배속받는 걸로 하죠. 당분간은 그래야 될 거 같네요. 아, 상금 관리도 해주시나요?"

"지금 바로 아카데미 측에 문의를 넣어보겠습니다. 한신은행과도 얘기를 할 테고요. 상금 관리는 당연히 해드립니다."

"물론, 계좌는 한신은행으로?"

영석이 몸을 뒤로 뉘며 태평하게 물었다.

"네."

반면 강춘수는 시종일관 경직되어 있는 상태다. 강혜수는 자신의 오빠가 대응을 잘하고 있다고 생각하는지 옆에서 침묵을 지켰다.

"음, 혹시 춘수 씨는 투자 쪽에도 관심이 있습니까? 자산 관리라든가……."

영석의 물음에 강춘수는 고개를 저었다.

"저는 영석 선수의 선수 활동을 돕는 사람이라… 확실한 전문인에 비해 금융 정보에 그다지 밝지 않습니다."

영석은 다시 상념에 빠졌다.

아무런 염려 없이 순수하게 테니스에만 집중하고 싶다는 생각이 들었다.

"그럼 한신은행과 연락해서 제 돈을 어떻게 관리할 건지 알고 싶은데요. 아, 번거로우실 수 있으니까 제 요구 조건부터 말씀드릴게요."

강춘수가 키보드에 손을 올려 받아 적을 준비를 하는 모습을 확인한 영석이 입을 열었다.

"…우선 제가 대회에서 얻는 수익을 제외한 금액, 이를테면 라켓 회사인 바볼랏이나 의류와 신발의 나이키에서 얻어내는 금액 일체는 저희 부모님께 이체해 주세요. CF 개런티도 마찬가지입니다. 혹시나 방송에 출연하게 되면 그것의 개런티 역시."

타다다닥.

강춘수는 영석의 말을 고스란히 받아 적었다.

"입상하게 되며 받는 상금, 그러니까 우승 상금이나 준우승 상금은 어차피 달러겠죠? 10%는 수시로 입출금할 수 있는 계좌로, 20%는 적금, 20%는 한신은행에 투자하는 셈 치고 맡겨보죠. 자산 관리니 뭐니 할 수 있을 것 같으니. 자… 이제 50%의 금액이 남았군요."

잠시 뜸을 들이며 영석은 생각에 빠졌다.

선수에게 돈 관리는 피곤한 일이다. 일임할 사람이 필요했다.

짝.

좋은 생각이 난 듯, 영석은 손뼉을 치며 말을 이었다.

"50%의 절반은 부모님께, 남은 것의 절반은 한국대 병원 이영애 앞으로 기부, 마지막 덩어리는……."

영석은 말을 길게 끌었다. 그리고 심호흡을 한 뒤 내뱉었다.

"휠체어 테니스에 앞으로 기부를 할 예정이니 묶어주세요."

영석은 과거를 떠올렸다.

휠체어 테니스 선수들이 사용하는 휠체어는, 당연하지만 굉장히 비싼 제품이 많다. 일반 휠체어와는 기능 면에서 많은 차이가 나고, 의료용이 아니기 때문이다.

그것들을 구비하는 것에 조금이나마 도움이 됐으면 하는 마음에 영석은 기부를 택한 것이다.

'휠체어뿐 아니다. 조금 더 욕심내면 전용 코트까지도……'

그런 영석을 앞에 두고, 요구 사항을 열심히 정리한 강춘수가 자신이 적은 것을 간략하게 브리핑했다.

"10% 수시 입출금 계좌, 20% 적금, 20% 투자, 25% 부모님 계좌, 12.5% 한국대 병원 기부, 12.5% 휠체어 테니스 기부… 맞습니까?"

"맞습니다."

영석의 확인을 받은 강춘수는 내심 생각했다.

'몇 번 만나는 동안 범상치 않다고 생각했는데… 이게 십 대 소년이 할 생각인가?'

영석은 강춘수의 놀람에는 관심도 없고 알 생각도 없었다.

"그럼 이제 돈 얘긴 끝난 거죠? 체류비, 공항비 등 일체의 투어 비용은 한신은행에서 제공해 주니……"

"네, 맞습니다."

"저… 진희 선수는 어떻게 할까요?"

옆에서 두 남자의 대화를 듣던 강혜수가 조심스럽게 물었다.

'그걸 왜 나한테 묻느냐. 나중에 진희에게 들어라.'

라는 대답을 들을 걸 뻔히 알면서도 묻는 눈치라 영석은 순간적으로 할 말을 잃었다.

"…저도 영석이랑 똑같이 해줘요~ 아무렴, 똑똑이가 잘 생각했겠지."

한쪽 눈을 감고, 한쪽 눈은 뜬 상태로 진희가 대화에 끼어들었다.

잠에 취한 듯 몽롱한 목소리가 듣는 이까지 잠에 빠져들게 하는 마력을 품었다.

"기부만 25%야. 너까지 그럴 필요 없어."

영석이 말렸지만 진희는 요지부동이었다.

"기부해서 나쁠 게 뭐 있어. 영애 이모가 너만의 이모도 아니고 나한테도 이모잖아. 늘 공짜로 검진해 주시고 신경 써주신 게 벌써 10년이 다 돼가. 나도 충분히 보답해 드리고 싶어. 그리고 휠체어 테니스는… 언제부터 관심이 생긴 거야? 아아, 뭐 그 얘긴 나중에 듣자. 졸려 죽겠어……."

진희는 그렇게 말하며 다시 깊은 잠에 빠져들었다.

세 명은 잠시 적막을 느끼며 할 말을 찾아 헤맸다.

선두는 강춘수였다.

"아참, 한 가지 말씀드릴 게 있습니다. 계약서상에서 갑에 해당하는 영석 선수의 개인적인 노력으로 일궈낸 수입에 대해선 한신은행은 그 어떤 권리를 행사하지 못합니다."

"……."

그 뒤로도 강춘수는 막힘없이 줄줄 영석에게 설명을 해줬다.

'빠릿빠릿하군.'

영석은 자신보다 한참 연상인 강춘수를 평가했다.

앞으로 몇 년이 걸릴지 모르는 선수 생활을 함께할 귀중한 비즈니스 파트너다. 신경이 쓰이지 않는다면 거짓말이다.

"그럼 전 춘수 씨만 믿고 오로지 테니스에만 신경 쓰겠습니다."

일정에 관해선 이미 한국에서 강춘수의 브리핑을 통해 대략적으로 가닥을 잡은 영석이 빙긋 웃으며 강춘수와 눈을 마주했다. 강춘수도 입꼬리를 부드럽게 움직이며 영석의 기대감에 부응하고자 했다.

"물론입니다. 최선을 다할 것이니, 염려 마십시오."

"그리고 나중에… 아, 아니다. 이건 나중에 말할게요. 바쁘실 텐데 일 보세요."

강춘수의 딱딱한 말투를 어떻게 할 수 없을까, 혹시 호칭 정리를 할 수 있지 않을까 싶어서 말을 꺼내려던 영석은 그냥 고개를 젓고는 잠시 접어두었던 책을 펼쳤다.

"퓨우우우우."

잠든 진희의 숨소리가 정적을 가로지르며 허공을 맴돌 뿐, 세 명은 모두 조용히 제 할 일을 했다.

＊　　　＊　　　＊

매년 테니스의 시작을 알리는 건 호주 오픈이다. 그러나 마치 '준비운동은 해야지?'라고 배려한 것처럼 호주 오픈을 앞두고 네 개의 자잘한 대회들이 호주 안에서 열린다. Adidas International 역시 마찬가지다. 시드니에서 열리는 이 대회는 대회 규모에 비해 출전하는 선수의 면면이 화려하기 그지없는 대회다. 톱클래스의 선수에겐 컨디션 조절을, 랭킹이 낮은 선수에겐 적잖은 상금과 랭킹 포인트를 약속하는 대회다. 영석은 명백히 후자에 속해 있는 선수다.

"9월에 열릴 US 오픈은 걱정하지 않으셔도 됩니다. 작년 주니어 우승자는 자동으로 시드가 배정되니까요."

며칠 전, 일정 브리핑을 하며 강춘수가 알려준 말이다.

영석은 당연히 알고 있었지만, 모르던 지식을 알게 해줘서 고맙다는 듯 고개를 끄덕였었다.

부우웅.

어디선가 차를 몰고 온 강춘수가 뒷좌석에 영석과 진희를 앉히고 조심스럽게 운전했다.

'예쁘군.'

창문을 통해 밖을 내다본 영석이 조용히 상념에 빠졌다.

호주의 명승지 시드니는 세계적인 명성답게 화려함을 자랑했다.

'신기해.'

전생에선 늘 대수롭지 않게 봐왔던 것들을 회귀 후에 보게 되니 감회가 새로웠던 것이다.

'하나둘씩 단단하게 뭉쳐져 있는 것들이 깨지는 기분……'

미국을 오가며 제법 열린 생활을 했지만, 한국에서 오래 지내며 생겼던 가치관, 생각 등 '나'를 이루는 요소들이 공고해졌다. 아니, 자신을 규정짓기 위해 스스로 노력하는 것은 인간이기에 당연한 것이다.

하지만 투어를 시작하며 호주에 오자 공고해진 요소들에 금이 가기 시작했다.

'아마 나중엔 '한국인 이영석'이기보다 '선수 이영석'으로 정체성이 굳어지겠지. 예전에 그랬듯.'

자신을 증명하는 유형은 선수마다 다르다.

어떤 이는 애국심, 어떤 이는 사랑, 어떤 이는 충성… 종류는 많지만 그 모든 것은 동등한 가치를 가진다.

"크후우우."

조금 센티해지며 사고의 늪으로 빠져들어 가려던 영석은 진희의 코 고는 소리에 화들짝 놀랐다. 그리고 소리의 근원지를 향해 시선을 두었다. 창밖으로 반짝이던 빛들 모두를 합친 것보다 밝은 빛이 진희에게서 보인다. 최소한 영석의 눈에는 말이다.

'자는 것도 귀여워.'

누가 들으면 팔불출이라 핀잔을 줄 소감을 곱씹으며 영석은 숙소에 도착할 때까지의 30분 동안 계속해서 진희의 얼굴을 바라보았다.

　　　　　*　　　　　*　　　　　*

"좋군요."

영석은 밤늦게 들어가게 된 숙소의 방을 둘러보며 강춘수에게 짧은 평을 남겼다.

1인실 네 개를 달라고 하는 강춘수에게 영석이 2인실 2개로 하자고 건의했고, 그대로 받아들여졌다.

1인용 침대가 두 개 놓여 있었고 화장실, 옷장, 미니 냉장고, 화장대 등이 놓인 그저 그런 시설이었지만 영석은 상관없었다.

"식사하고 가볍게 운동하시고 주무시는 걸 추천드립니다."

상의를 걸어놓은 강춘수가 기계적인 어조로 말했다.

'이제 알겠어. 딱딱하기보다, 정중하다고 표현해야겠군.'

옷을 갈아입으며 영석이 강춘수라는 인물의 평가 또한 짧게 마쳤다.

"와, 언니 몸매 좋다."

건넛방에서 진희의 목소리가 들려왔다.

"아, 아니……."

강혜수의 당황한 목소리가 들려왔다. 제 오라비를 똑 닮은 성격이겠지만, 아쉽게도 진희는 영석과는 궤를 달리하는 성격이다. 몇 번 보지도 않았는데 언니라고 부르며 붙임성 있게 다가가는 진희가 당황스러울 법도 했다. 어렸을 때와 비교하면 너무나 큰 차이였다.

'멘탈의 천재, 김진희!'

영석이 마음속으로 뇌까리며 건넛방의 소음에 대한 평까지 마쳤다.

그렇게 한바탕 소란을 뒤로하고 식당으로 내려온 영석은 코를 자극하는 음식 향기에 맹렬한 식욕을 느꼈다.

"밥밥밥."

이미 진희는 쌩하니 걸어가서 접시에 엄청난 양의 음식을 담고 있었다.

'그러고 보니 이제 키도 나랑 비슷하네.'

영석이 180센티미터를 넘기며 역전했던 두 사람의 키 차이는, 다시 진희가 재역전할 기세를 보이고 있었다. 영석이 어느 날 갑자기 자라는 타입이라면, 진희는 꾸준히 자라고 있었다.

콧노래를 부르며 음식을 담는 진희는 펑퍼짐한 트레이닝복으로도 가릴 수 없는 길쭉한 맵시를 자랑했다. 아마 다리는 영석보다 길 것이다.

'일단 너무 클 필요도 없는데 말이지……'

상념을 남긴 채 영석도 접시에 맹렬히 음식을 담기 시작했다. 신체는 정직했다. 10대의 몸은 한없이 음식을 달라고 아우성쳤다.

\*　　　　\*　　　　\*

식사를 끝낸 영석은 진희와 함께 후식으로 밀크티를 한 잔씩 마시고 있었다.

'다행이야, 진희가 입이 안 짧아서.'

짧지 않을뿐더러, 가리는 음식도 없었다.

영석 자신이야 전생의 경험이 있어 음식을 가리지 않는 습관을 만들어냈지만, 진희는 다르다. 그냥 다 잘 먹었다. 이건 선수로서 엄청난 장점이 될 수 있다. 식사는 사람의 몸을 구성하고, 선수는 몸을 이용하기 때문이다. 즉, 선수의 퍼포먼스는 음식에 따라 갈릴 수 있다는 것이다.

'전생에서 노박 조코비치(Novac Djokovic)를 보면 알 수 있지.'

노박 조코비치(Novac Djokovic).

2010년도, 특히 2014년에는 라파엘 나달(Rafael Nadal)과 테니스 세계를 양분한 명실공히 '차세대 황제'로 인정받던 선수다. 2016년엔 독주 체제였고 말이다.

공수의 균형이 완벽할 정도로 약점이 없어서 '무결점 황제'라고 불리기도 했다.

그러나 2010년 전에는 '그랜드슬램 4개 대회 4강을 모두 밟아본 최연소 선수'라는 타이틀에도 불구하고 페더러와 나달의 빛에 가려져 있었는데, 특히 체력적인 부분에서 단점이 두드러졌다. 하지만 그것이 본인의 능력이 아닌 '글루텐 알레르기'라는 질환 탓임을 알게 되고 식단을 조절한 것만으로 2011년 후반기부터 엄청난 퍼포먼스를 선보였다. 이후 '나달'이라는 약점을 가졌던 황제 페더러와 달리, 적수를 찾을 수 없는 압도적인 실력을 자랑하며 '역대'를 운운할 수 있는 선수 중 하나로 손꼽히기도 했다.

'이제 곧 2001년… 조코비치는 본인이 글루텐 알레르기라는 걸 모르고 있는 건가? 이걸 알려주면 어떻게 되는 거지?'

영석은 온몸에 소름이 돋는 걸 너무나 확연하게 느꼈다.

'로저 페더러 통산 17회 메이저 우승, 나달 14회, 조코비치 12회……. 머레이는 두 번이었나, 세 번이었나.'

영석이 기억하고 있는 Big4의 대략적인 수상 경력이다.

'조코비치도, 나달도 나랑 나이가 비슷하다. 특히 나달은 10대에 메이저 우승을 하지. 페더러는 2005년에 한 해 동안 90%가 넘는 승률을 보였고…….'

영석의 머리가 복잡하게 돌아갔다.

역사를 써나갔던 선수들의 업적 정보가 쉴 새 없이 펄럭이며 영석의 뇌를 헤집었다.

미래를 알고 있다는 건 최소한 이 순간에는 영석에게 재앙과도 같은 혼란을 심어주었다.

'미래는 바뀌는가? 바뀔 수 있는가?'

영석은 얼마 전 있었던 사핀과 샘프라스의 US 오픈 결승을 떠올렸다.

'내가 모든 포인트를 외우진 못해도… 최소한 세트스코어는 전생에서와 차이가 없었어. 미래는 안 바뀌는 건가? 왜지? 정말 정해진 '운명'인 건가.'

무엇이 자신에게 가장 최선일까 고민하던 영석은 곧 시야까지 하얗게 변하는 걸 느꼈다.

'내가 개입을 하게 되면 어떻게 되는 거지? 조코비치에게 글루텐 알레르기라는 질환을 알려주면 그는 최소 10년은 벌게 되는 거야. 아니, 혹시 내가 Big4를 일찌감치 떨어뜨리는 일이 생긴다면?'

"뭔 생각을 그렇게 해?"

"……!!"

의식 바깥에서 불쑥 개입한 진희의 한마디에 영석은 소스라치게 놀랐다. 그러곤 진희를 멀뚱이 바라봤다.

"뭘 그렇게 봐?"

샐쭉하게 말하는 진희의 모습을 보는 영석의 눈동자에 안정감과 평안이 서서히 차오르기 시작했다.

"예뻐서 봤어."

"허이고."

시원찮은 대답을 한 영석은 곧 혼란을 마무리 지었다.

'진희 또한 전생에는 없었고, 나도 이렇게 두 다리 멀쩡하게 테니스를 치고 있다. 이미 미래는 변했어. 그리고 내가 변화시킬 거고. 물을 흐리는 미꾸라지가 아닌, 용이 될 거다.'

영석은 조용한 다짐을 하며 밀크티를 후루룩 마셨다.

단맛이 온몸으로 퍼지면서 심신을 안정시키는 것 같은 기분이 들었다.


\*　　　　\*　　　　\*


"새해 복 많이 받으세요. 호주 오픈 끝나면 한국에 들를게요."

—그래, 몸조심 잘하고.

딸칵.

2001년 새해의 아침을 호주에서 맞은 영석과 진희는 부모님과 지인들에게 전화를 돌리고 있었다. 영석은 이제 17세(만 15세)가 되었고, 진희는 18세(만 16세)가 되었다.

"준비는 됐어요?"

전화를 끊은 영석이 옆에 서 있는 강춘수에게 물었다. 언제 봐도 강춘수는 정중하며 기품이 넘치는 자세다. 마음속이 어떻든, 자태는 백조였다.

"물론입니다. 영석 선수와 진희 선수는 차에 타시기만 하면 됩니다."

"코치는요?"

"호주 입국 당일 TAOF(Tennis Academy of Florida)와 연락을 했습니다. 1년 동안 저희가 고용 비용을 부담하는 걸로 하고 코치 두 명과 계약을 맺었습니다. Adidas International에는 일정을 맞추기 힘들고, 호주 오픈에는 맞출 수 있다고 합니다."

"음⋯⋯."

'이왕이면 영태 코치님이랑 유리 코치님이었으면 좋으련만⋯ 출산이라니.'

오래 알아야 선수를 잘 파악하는 것은 분명 아니지만, 친밀한 이에게 배움을 청하면 심리적으로 안정될 수 있다. 영석이 아쉬워하는 건 그 부분이다. 하지만 은사라고 할 수 있는 분들의 가정을 이루는 일을 방해할 순 없는 노릇이라 영석은 마음에서 아쉬움을 털어냈다.

"올해는 어쩔 수 없지만, 춘수 씨가 코치 문제는 잘 알아봐
줘요."

"네, 알겠습니다."

"그럼 이제 가죠. 진희야~ 가자."

"응응, 엄마도 잘 지내고 있어~ 응, 지금 운동하러 나가려
고~! 응~! 나도 사랑해!"

딸칵.

마침 통화를 끝낸 진희도 나갈 채비를 하며 강혜수를 찾았다.

"언니~ 선크림 있어요? 이거 저번에 산 건데 별로더라고요."

"응, 몇 개 준비해 뒀어. 차에 있으니까 나가자."

이미 호칭 정리가 끝난 듯 진희와 강혜수는 서로 편하게 말
을 주고받았다.

영석이 괜히 찔려서 강춘수의 눈치를 쓱 살펴보자 강춘수는
영석의 시선을 피했다. 어울리지 않게 두 명의 남자는 난처한
기색이었다.


\*          \*          \*


영석 일행이 30분 정도 이동해서 도착한 곳은 코트 두 면이
전부인 아담한 장소였다.

교외에 위치한 곳이라, 고즈넉할 정도로 인적은 드물었다.

"오… 좋네요."

"옆에 딸린 목조 건물은 작은 별장처럼 꾸며져 있어서, 간단한 조리는 물론이고 샤워도 할 수 있습니다."

"수고하셨어요, 이런 코트 찾기 힘들 텐데."

"마땅히 해야 할 일입니다."

강춘수가 씩 웃으며 답했다.

성품에 걸맞게 미소조차 정중한 느낌이 들었다.

영석과 진희는 한참을 우두커니 서서 전경에 심취했다.

"하아……."

영석과 진희는 감탄을 금치 못했는데, 주변 환경이 너무나 아름다웠기 때문이다. 공이 밖으로 나가지 않게 코트 두 면을 둘러싼 철조망은 차가운 쇠의 느낌을 풍겼지만, 그것을 상쇄하듯 아름다운 나무가 빈틈없이 철조망의 기운을 가렸다.

"와~ 이 나무 진짜 예쁘다. 춘수 씨, 이 나무 이름이 뭐예요?"

물 빠진 연보라색의 나뭇잎이 미풍에 휘날리며 물결을 일으키고 있었다. 아름다운 향기가 황홀한 정취(情趣)가 되어 파도처럼 밀려왔다.

진희는 몽롱한 시선으로 그 절경을 한없이 바라보다가 강춘수에게 물었다.

"…글쎄요."

"'자카란다'라는 나무야. 저 주홍빛 나무는 '유칼립투스'고."

영석의 설명에 모두가 놀랐다. 진희를 제외하고 말이다.

"역시… 척척박사님이야, 내 낭군님은."

쓰게 웃은 영석이 크게 심호흡을 했다.

'나무 몇 그루 있다고 괜히 공기까지 맑은 느낌이구나.'

"공 칩시다."

펑!!

팡!!

코트는 두 면이었기 때문에 강춘수와 영석, 강혜수와 진희가 각각 한 면씩 차지하고 훈련을 시작했다. 아직 코치가 없기 때문에 훈련은 영석의 지시하에 이뤄졌다.

"기본적으로 포, 백 반복하는 스트로크 10분, 무작위로 주는 공 10분 대처… 이걸 한 세트로 해서 세 세트 하자. 그 후에 항목별로 세부적인 훈련을 하면 될 것 같아. 괜찮지?"

"응."

진희의 동의를 구한 영석이 힘차게 몸을 움직였다.

상큼한 나무 향이 폐부 깊숙이 들어와서 몸과 정신을 씻어 줬다.

*　　　*　　　*

"진희야."

"응?"

두 시간 정도 쉴 틈 없이 몸을 움직이고 잠시 쉬는 시간이 찾아왔다.

보고 또 봐도 질리지 않는 풍경인지 진희는 풍경에 시선을 뺏겼다. 영석의 말은 한 귀로 듣고 한 귀로 흘리고 있다는 걸

대놓고 보여주는 샘이다.

"이제 혼복(혼합복식)도 준비해 볼래?"

"뭐?!"

영석의 한마디에 진희는 정신이 번쩍 들었는지 고개를 격한 속도로 돌려 경악 어린 눈동자로 영석을 직시했다. 그건 강춘수와 강혜수도 마찬가지였다. 모두의 시선을 독차지한 영석이 씨익 웃었다.

"복식은 단식에 비해 각광받지는 못해. 그나마 남자 복식은 제법 인기가 있지만, 혼합복식은 절망적인 지명도를 갖고 있어. 대부분 전문적인 복식조라기보다 단식 선수들이 유희 삼아, 혹은 컨디션 조절을 위해 참여하는 게 대부분이고."

"그럼 해야 하는 이유가 있어? 힘들기만 하잖아."

진희가 의구심을 내비쳤다.

몇 년 전, 진희의 사춘기(?) 때 코치들의 특단의 조치로 잠시간 복식을 배운 것을 제외하곤, 지금까지 복식의 복 자도 생각 못 하고 살았기에 더욱 의아해했다.

하지만 이어진 영석의 답을 듣고 숨 쉬는 것조차 잊은 듯, 벼락을 맞은 듯 꼼짝없이 당하고야 말았다.

"너랑 같이 시합하고 싶어서 그러지."

"……"

아무 말 못 하는 청중들의 눈을 일일이 마주 본 영석이 다시 입을 열었다.

"우선 혼합복식의 경향을 말해줄게. 혼합복식의 key는 여자 선수에게 있어."

"남자가 아니라?"

"응, 여자야. 왜냐하면 남자 선수의 공이 여자 선수의 공에 비해 빠르기 때문이지. 복식의 기본 포메이션은 한 명은 베이스라인에, 남은 한 명은 네트에 붙어 있는 건 알지?"

"응."

수업을 잘 듣는 아이처럼 진희는 눈망울을 반짝였지만, 강춘수와 강혜수는 '아는 걸 듣는' 내색이었다. 하지만 영석은 개의치 않고 설명을 이어갔다.

"보통 네트 앞에 올라가 있는 선수를 '전위'라고 하고, 베이스라인에 물러나 있는 선수는 '후위'라고 해. 즉, 대부분 전위는 발리에 뛰어날수록 좋고, 후위는 안정적인 스트로크를 겸비하면 좋지."

"응응."

영석이 진희를 자랑스러운 눈으로 바라봤다.

"진희 넌 눈도 좋고 전반적으로 터치 감각이 좋아. 남자 선수의 스트로크를 여자 선수가 얼마나 발리로 끊어먹을 수 있느냐가 시합의 중요 요소야. 그 점에서 진희 넌 대단한 장점을 가진 여자 선수야."

"……"

"단식을 '거시적'이라는 수식어를 붙여서 표현한다면, 복식은 '미시적'이라는 표현을 붙일 수 있어. 섬세하고 정확한 능력이 필요해. 그렇기 때문에 기본기가 탁월한 단식 선수는 설령 복식에 처음 들어가게 돼도 충분히 제 역할을 해. 아니, 테니스로 평생을 살아가면서 복식을 할 줄 모른다는 건 지탄받을 일이야. 일어나 봐, 가서 이것저것 시도해 보자. 아, 춘수 씨랑 혜수 씨도 같이 와요."

일어나는 영석의 뒤를 새끼 새처럼 따라붙는 일행의 모습이 실로 정다웠다.

*   *   *

시간은 쏜살같이 흘러 Adidas International 예선전을 하루 앞둔 날이 불쑥 다가왔다.

"2001년… 후, 모르겠군."

중얼거리며 팬으로 A4용지를 까맣게 채운 영석이 머리를 쥐어뜯으며 고뇌에 빠졌다.

"미래… 정보……"

알면 좋은 것인가.

본격적인 투어에 앞서 영석의 마음은 미약한 촛불처럼 꿀렁였다.

그야말로 부화뇌동(附和雷同)이다.

"그래서? 누가 이기는 거 알면 어떻게 활용하지?"

영석은 자문을 했다.

승패를 미리 안다는 건 스포츠 도박에나 유리하지, 영석 본인에게는 유리하지 않았다.

"그저 유명한 선수들의 장단점을 안다는 것. 그래, 그냥 그걸로 만족하자."

침대에 벌러덩 누운 영석이 말끔하게 머리를 비워내기 위해 스트레칭을 시작했다.

부우웅.

"응?"

부모님께 받은 핸드폰이 진동을 울린다.

'등록돼 있는 사람이라곤 10명 남짓인데… 누구지?'

의아한 영석이 문자를 열었다.

from 진희

밖에서 산책 좀 하고 오자.

'진희야, 내일 시합 잘하자.'이거 해야지.

"허 참……."

쓰게 웃은 영석이 몸을 일으켰다.

＊　　　＊　　　＊

"왔어?"

그리 멀진 않지만, 문화가 아예 다른 이국(異國)의 풍경은 늘 신선하게 다가온다.

시야에 걸리는 모든 것의 아주 작은 차이가 겹치고 겹쳐 큰 차이를 만들어내기 때문이다. 그 정취(情趣)는 퍽 즐거워서 해외를 자꾸 오고 싶게끔 한다.

작은 숙박업체인 이 건물도 그렇다.

같은 듯 다른 사소한 차이, 이를테면 밤하늘과 별, 조명과 건축 양식, 도로의 형태 등이 괜히 아름답게 느껴진다. 이런 분위기 속에 우두커니 서 있는 진희의 모습은 영석에게 큰 아름다움으로 다가왔다.

"응."

"미국에선 늘 듣던 말인데, 갑자기 안 들으니까 서운하더라고. 노친네 같다고 한 거 취소할 테니까 앞으로도 해줘."

"내일 경기 잘하자. 우리의 인생이 걸려 있어."

"꺄하하……."

영석이 앵무새처럼 말하며 능청을 떨자 진희가 고개를 숙이고 웃음을 터뜨렸다.

그 모습을 가만히 지켜본 영석이 손을 뻗었다.

뻗어오는 영석의 손을 잡는 진희의 손길이 자연스러웠다. 수십, 수백 번의 접촉을 다시 한 번 느끼며 마음의 안정이 찾아온다.

Chapter 21
## International in Sydney I

내리쬐는 햇빛이 넓은 면적에 자신의 강렬함을 흩뿌리는 것은 분명 절경이다. 특히, 사람들로 가득 찬 공간을 옆에 두고 있다면 더더욱 눈에 띈다.

펑!! 펑!!

공을 치는 소리를 BGM 삼아 관중들은 끊임없이 수다를 떨어댔다.

아직 시합이 시작되지 않아서 그런지, 굉장한 부산스러움이 경기장 일대를 메우고 있었다.

제 아비의 무등을 탄 상태로 아이스크림을 먹는 아이, 손을 잡고 걷고 있는 연인, 돗자리를 펴고 누워서 한가로이 시간을 보내는 가족 등, 목가적인 풍경이다.

하지만 분명 어느 코트에서는 숨 쉬는 것도 자제하며 시합에 몰두한 관중도 있다.

"스읍!"

자신이 성장기라는 걸 사방에 증명하듯 하루가 다르게 자라는 영석의 신체가 아름다운 곡선을 그린다. 숨을 크게 들이마시며 오른손으로 공을 토스한다. 트로피 자세(토스를 하고 라켓을 머리 위로 고정한 채 잠시 멈춰 있는 순간)가 그린 듯 우아하다.

서서히 내려오는 공에 맞춰 지극히 자연스럽고 부드러운 동작으로 라켓을 휘두르기 시작한다.

임팩트 순간 내전이 확실하게 걸려 안으로 비틀어진 팔 동작에 이르기까지… 그야말로 찰나에 벌어진 스윙은 빠르지만 선명하게 모두의 눈을 파고든다. 모두가 숨 쉬는 것조차 잊은 채 영석의 동작을 좇는다.

타닥, 탁.

네트를 향해 스텝을 밟는 동작 또한 어느새 몸에 배, 한 치의 낭비가 없었다.

전형적인 서브&발리 전략이다. 이 전략은 영석이 1세트에서 늘 상대 선수를 시험하는 잣대로 활용하는 전략으로, 서브 능력이 탄탄하고, 발이 빠른 영석이 갖고 있는 유력한 패 중 하나다.

"……."

대시하는 영석을 보는 백인 선수는 인상을 찡그렸다.

1세트라고 하지만, 계속해서 서브&발리를 하는 영석이 마음에 들지 않는 것이다. 이 정도로 노골적이면 바보 취급을 받고 있는 것과 다름없다.

서브&발리는 무적의 전략이 아니다. 아니, 오히려 시대를 역행하는 전략이다.

과학기술은 진보에 진보를 거듭하지만, 코트의 크기는 변하지 않기 때문이다.

라켓과 공, 테니스화 등 장비의 발전은 공을 더욱 치기 쉽게 해주는데, 서브&발리라는 전략은 장비의 발전 속도를 못 쫓아온다.

상대 선수의 눈이 심유(深幽)하게 가라앉는다.

'많은 힘은 필요 없다.'

팡!

노리는 곳은 사이드로 짧게 떨어지는 톱스핀 스트로크.

네트를 향해 득달같이 달려오는 영석의 속도를 감안한, 적절한 대처다.

하지만,

끼익.

새 신발인지 코트에 미끄러지듯 탄력적으로 몸을 멈춘 영석이 눈을 차갑게 빛냈다.

아직 네트까지의 거리는 먼 상태, 상대 선수의 짧은 공이 영석에겐 레슨 때의 박스 볼만큼이나 치기 쉽게 자리 잡았다.

"Shit!"

나직한 욕설이 들려온다.

피식 웃어준 영석은 가볍고 부드러운 동작으로 자신의 가슴

팍까지 올라온 공을 사정없이 내리찍었다.

펑!!!

"서티 러브(30 : 0)!"

심판의 기계적인 콜에 이어 상대 선수의 얼굴이 처참하게 일그러진다.

'늦게 내는 가위바위보.'

영석이 내심 쿡쿡거리며 음침하게(?) 이 순간을 만끽했다.

기이할 정도로 빠른 발, 스톱과 대시를 아무리 반복해도 부드럽게 충격을 흡수하는 무릎, 어떤 상황, 어떤 스윙 자세에서도 중심을 잡아주는 체간(體幹), 세계를 10년 동안 호령했던 경험에서 나오는 직관력은 영석에게 반칙과도 같은 어드밴티지를 줬다.

'미치고 팔짝 뛰겠지.'

영석은 어느 순간부터 전력을 다하지 않는 방법을 스스로 체득했다.

테니스에서 한 시합이 갖는 호흡은 매우 길다. 굳이 그 긴 시간을 자신의 몸을 던져가면서 매 순간을 절박하게 뛸 필요는 없다.

'길게 호흡하며 시합의 판을 짠다.'

크게는 세트스코어를 짠다.

그 후엔 각 세트의 판을 짠다.

마지막으로 매 포인트의 흐름을 짠다.

이제 갓 프로에 접어든, 너무나 어린 영석이었지만 머릿속은

노회한 구렁이가 득실대고 있었다.

'이렇게 서브&발리 하나로 괴롭힐 수도 있고 말이지.'

물론, 영석의 전략은 자신보다 역량이 월등히 뛰어난 선수에 겐 '절대' 통하지 않는다.

가령, 영석의 서브 능력을 아득히 뛰어넘는 리턴 능력을 가진 선수를 만난다면 서브&발리 전략은 무용지물이 되는 것이다. 오히려 서브권을 가진 영석이 주도권을 뺏기게 되는 경우도 비일비재할 것이다. 그때는 모든 포인트에 목숨을 걸고 공을 쫓아다니겠지만, 그렇게 훌륭한 선수를 만나는 건 쉬운 일이 아니다.

'이 선수는 그런 선수는 확실히 아니고 말이지.'

완전하게 포식자의 위치에 선 영석의 머릿속에 상대방을 압도적으로 괴롭힐 잔혹한 전략이 성을 쌓고 있었다. 그 기세에 상대 선수는 내리쬐는 태양빛에도 한기를 느꼈다.

*　　　　*　　　　*

"여, 이제 압도적이네."

시합을 간단히 끝낸 영석이 가방을 메고 나오는 길목을 중년의 남자가 가로막고 있었다.

"아, 박 기자님."

남자는 박정훈 기자였다. 인연이 이어진 지 어언 10년 남짓이다. 나름대로의 친분을 가진 둘은 스스럼없이 서로를 대했다. 늘 거뭇한 수염과 덥수룩한 헤어스타일을 고수했던 박정훈은 제법 산뜻한 차림새였다.

'예전이 더 기자답지만.'

"아, 안녕하세요!"

박정훈의 듬직한 체구 뒤쪽에서 작은 인영이 옆으로 나오며 영석에게 인사했다.

20대 중반으로 보이는 여자는 깔끔하게 머리를 넘겨 이목구비가 시원하게 드러나는 특징을 보였다. 박정훈이 살짝 혀를 차며 영석에게 말했다.

"인사해. 우리 회사에 입사한 인턴, 김서영이야."

박정훈의 설명에 고개를 끄덕인 영석이 무던하게 인사를 받았다.

"안녕하세요, 이영석입니다."

가볍게 악수를 건넨 영석은 어쩔 줄을 몰라 하는 김서영에게 명함을 받았다.

"나야 늘 자네를 따라다닐 심산이지만, 햇병아리가 자기도 끼워달라고 성화여서……."

박정훈이 못마땅한 듯 제법 툴툴거렸지만, 김서영은 전혀 개의치 않고 목에 건 카메라를 영석에게 건넸다.

"……??"

영석이 영문을 몰라서 가만히 있자 김서영이 말했다.

"원래라면 라켓에 사인을 받는 게 이치에 맞고, 저도 그러고 싶지만, 앞으로 스포츠 기자로 살아가고자 하는 저를 위해 카메라에 사인을 부탁드려도 될까요?"

'당차구나.'

말하는 건 꽤나 거창한 면이 있다. 단어도 그렇고, 문장을 조립하는 것도 그렇다. 마치 구어체와 문어체가 섞인 느낌이 들었다. 하지만 영석은 흔쾌히 카메라를 받아 들었다.

"……."

영석은 손바닥에 얌전히 자리 잡고 있는 카메라의 무게에 제법 놀랐다. 라켓 2, 3개와 비슷한 무게다. 카메라엔 문외한인 영석이 봐도 굉장히 비싸게 느껴졌다. 힐끗 김서영의 옷매무새를 보니 절로 갸륵한 마음이 생겼다.

자유로운 복장이 허용되는 직종이라지만 김서영은 몇 년을 입었는지 윤이 칙칙하게 감도는 옷들을 입고 있었던 것이다. 얼굴에도 화장기 하나 없었다.

'꿈에 모든 걸 투자하는구나.'

영석은 카메라를 뒤집어 바닥에 사인을 할 요량으로 김서영이 내민 화이트 수정액을 손에 쥐었다.

─당신의 꿈이 이루어지길!

이라는 짤막한 문구와 함께 사인을 했다.

박정훈은 그런 젊은이들의 교류를 보며 살짝 입꼬리를 들썩일 뿐이었다.

"감사합니다!!"

카메라를 돌려받은 김서영은 재빠르게 투명한 재질의 스티커를 영석의 사인 위에 부착했다.

"진희 시합 보러 가는 거지? 강 남매는?"

박정훈이 그제야 강춘수와 강혜수의 행방을 물었다.

"진희 전면적으로 케어하라고 붙였어요. 저야 시합 영상은 박 기자님이 녹화해 주실 걸 아니까. 나머진 필요 없어요."

영석이 씨익 웃으며 박정훈의 질문에 답했다. 박정훈은 머리를 긁적였다.

'어른… 이라는 건가.'

지금도 충분히 어리지만, 영석은 채 열 살이 되기 전부터 어른 행세를 했다. 그게 썩 보기 좋은 건 아니었으나, 10년이 넘도록 같은 성향을 유지하는 걸 보면, 결코 행세가 아니란 걸 알게 된다.

"옷도 갈아입었겠다, 진희 보러 가죠."

*　　　*　　　*

"응??"

박정훈, 김서영과 함께 두런두런 얘기를 나누며 빠른 걸음으로 진희의 경기가 치러지는 코트로 향했던 일행은, 일행의 목적인 진희를 길 한복판에서 마주치게 됐다.

"영석아!"

놀란 영석에게 다가온 진희가 영석을 부둥켜안았다.

시큼하다기보다 상큼함에 가까운 진희의 체취가 훅 밀려왔다.

"이겼어?"

"응."

영석은 하는 수 없이 진희의 머리를 쓰다듬어 주었다. 어쩔 때는 어른인 것 같다고도 하는 걸 보면 영락없는 소녀였다.

"박 기자님, 오랜만이에요!! 얼마 전에 봤지만… 헤."

진희가 해사하게 웃으며 박정훈에게 인사를 했고, 박정훈 옆에 있던 김서영에겐 날 선 눈초리가 작렬했다. 강혜수에 이어 다시 젊은 여자가 영석의 주위에 얼씬거리는 걸 보며 경계심을 갖춘 것이다.

그 모습이 고양이 같다고 생각한 영석이 피식 웃었다. 그러거나 말거나, 진희는 거침없었다.

"이분은 누구세요?"

진희는 경계심을 가졌지만, 김서영은 어린아이처럼 해맑게 웃으며 답했다. 들뜬 기색이 역력했다.

"안녕하세요! 김서영 기자입니다. 박정훈 기자의 후배예요. 꺄악! 김진희 선수죠? 잠시만요."

김서영은 가방에서 주섬주섬 뭔가를 꺼냈다.

"……"

주변의 모두가 김서영이 꺼낸 물건을 보고 할 말을 잃었다.

"아… 어……."

진희는 어안이 벙벙해 말을 잇지 못했다.

'뭐?? 꿈이니 뭐니 했었으면서!'

수양 깊은(?) 영석이 잠깐 발끈할 정도로 김서영이 꺼낸 물건

들은 실로 놀라웠다.

'진희랑 똑같은 라켓, 테니스화, 웨어까지…….'

모든 물건이 지금 진희가 입고, 신고, 들고 있는 것과 똑같았다.

"팬이에요!! 사인 부탁드립니다!!"

김서영은 주변의 이목을 무시한 채 큰 소리로 외쳤다.

부끄러움은 일행의 몫이었다.

"쟤가 앞으로 진희 전담 기자로 활동할 거야."

기백에 압도된 진희가 덜덜 떨리는 손으로 사인을 하고 있는 사이, 박정훈이 나지막하게 말했다.

"……."

일행은 모두 침묵으로 심정을 대변했다.

＊         ＊         ＊

"컨디션은 어때? 둘 다 깔끔하게 이긴 걸 보니 기대해도 되겠던데."

박정훈이 접시에 담긴 다채로운 음식들을 조금씩 입에 넣으며 대수롭지 않게 물었다.

각 잡고 인터뷰를 하기보다, 이 대회 내내 따라다니며 이렇게 편한 분위기에서 말을 주고받자는 취지였다.

"나쁘지 않은 것 같아요."

진희가 웬일로 영석보다 먼저 답했다.

접시에는 박정훈의 세 배에 달하는 음식이 산처럼 쌓여 있었다.

짤막한 대답 후에 눈도 마주치지 않고 앞에 놓인 접시에 온 정신을 집중하는 진희를 보며 살짝 고개를 저은 박정훈이 영석과 눈을 마주쳤다.

"…괜찮아요. 아직 몸에 무리도 없는 편이고, 무엇보다 기후 적응에도 문제없어요."

박정훈의 눈에 이채가 돌았다.

'미국에 오래 있었던 경험이 도움이 되는 건가.'

테니스 선수는 쉴 새 없이 전 세계를 돌아다녀야 하기 때문에 날씨와 음식 등, 온갖 환경에 무던히 적응할 수 있는 능력이 필수였다. 영석과 진희는 그런 면에선 축복받은 선수다. 부모의 재력이 허락하기에 자주 외국을 접했기 때문이다.

"이번에 우승하게 되면 한국인 최초로 ATP 우승이라는 금자탑을 쌓을 수 있어."

박정훈은 묵직하게 말하고자 했으나 진희는 그걸 허락하지 않았다.

"예전에도 우승했잖아요."

"…그건 퓨처스야."

보다 못한 영석이 조용히 말했으나 진희는 개의치 않았다.

"그거나 이거나. 그리고 난 WTA야."

"……."

역시 최강의 멘탈전사 김진희라며 속으로 웃은 영석은 박정훈의 눈치를 살폈다. 흥미롭다는 기색이다. 영석과 같은 맥락에서의 흥미일 것이다. 김서영은 조용히 박정훈의 옆에서 음식을 깨작대고 있었고, 강 남매는 원래의 성격대로 침묵을 지켰다. 분위기를 살릴 수 있는 건 박정훈, 그뿐이다.

"뭐, 아무튼 우승하게 되면 기대하라고. 이번에도 특집 기사를 좌르르르르 쏟아내 줄 테니. 아, 물론 호주 오픈까지 엮어서 말이야."

"그래주시면 저희야 감사하죠."

영석은 예의상이라고 전혀 느껴지지 않을, 매끄러운 감사를 표했다.

"그나저나⋯⋯."

박정훈의 시선이 강 남매를 향했다. 그 시선에 강 남매가 잠시 움찔한 것처럼 보인 것은 착시였을까.

"우리 에이전트 양반들이랑 술 한잔해야 할 거 같은데. 그렇지 않습니까?"

이미 한신은행 대표를 통해 안면을 튼 사이였지만, 박정훈은 조금의 친분을 더 쌓고 싶어 했다. 앞으로도 별일이 없다면 줄기차게 보게 될 사인데, 데면데면한 것보다 친밀한 것이 좋다고 생각한 것이다. 그 심산을 알아챈 영석이 말했다. 은밀한 동의가 섞인 말이다.

"우리 소중한 에이전트들은 술이 그닥 센 것 같진 않으니까, 박 기자님이 살살 다뤄주세요."

"헛, 미성년자면서! 내 주도(酒道)에 대해 아무것도 모르면서!

어떻게 나를 그렇게 매도하나. 나는 술이 약하다네."

박정훈이 능글맞게 비련의 주인공 행세를 하자 일행은 모두 폭소했다.

특히 진희는 음식이 걸린 듯 연신 가슴을 두들겼다.

"이미 김 대표님이랑 부모님께 들었습니다. 주신의 경지라면 서요. 올림픽에 술 마시기 종목이 있으면 12년은 금메달을 딸 거라는데."

영석도 능글맞게 박정훈을 괴롭히려 했고, 박정훈은 너털웃음을 지었다.

"하하하, 기자는 술을 잘 마셔야 해. 암. 안 그래, 김 기자?"

"…아, 예."

김서영이 한심하다는 듯 박정훈을 흘겨보았다.

그렇게 영석과 진희는 기분 좋은 만찬을 즐겼다. 승리했기에 더욱더 맛있는 만찬이었다.

＊　　　　＊　　　　＊

펑!!

"헉, 헉……."

영석은 거친 숨을 몰아쉬며 공을 쫓았다.

입고 있는 기능성 셔츠는 영석의 땀으로 흠뻑 젖어, 이미 제 기능을 발휘하지 못하고 있었다. 오히려 아교처럼 딱 달라붙어 갑갑하게 느껴졌다.

'소에다⋯⋯.'

영석은 묘한 감정이 섞인 눈으로 네트 너머의 상대를 보았다.

'아 씨.'

다시 네트를 넘어오는 공을 보며 영석은 짧지만 깊은 숨을 들이마셨다. 한동안 뛰어야 하니 말이다.

투두두두.

유려하며 우아하기 그지없던 스텝은 지금 이 순간엔 전혀 발휘할 수 없었다. 그저 어린아이의 뜀박질처럼 냅다 달릴 뿐이다.

'잘 뛰어다니는군.'

소에다 고.

드물게 동양인을 만난 영석은 상대 선수와 마주한 순간, 이름을 외우게 됐다.

아니, 외울 필요가 없었다.

이미 알고 있는 선수이니 말이다.

'얼굴을 까먹고 있었어. 저 선수가 지금 활동을 했었나?'

조금 큰 머리, 부리부리한 눈매를 포함해 진한 이목구비를 가진 일본인이다.

소에다는 사실 영석이 크게 신경 쓸 선수가 아니다.

영석이 또렷하게 기억하는 일본인 남자 선수는 '마츠오카 슈조'와 '니시코리 케이'뿐이었다.

시합 전에 공을 가볍게 주고받는 그 순간, 영석은 선언했다.

"이긴다."

앳된 얼굴을 봤을 때, 소에다는 영석과 비슷한 나이일 것이다. 즉, 십 대 소년인 것이다.

모든 부분에서 미숙했다.

영석은 수십 년의 삶을 살아가며 단 한 번도 방심한 적이 없다. 자신감이 과한 적이 있지만, 언제나 결과를 수반한 자신감이었다. 그러니 소에다에게도 방심한 것은 아니다.

하지만 누가 봐도 재능이 없어 보이는 소에다는 시합이 개시되자 아주 독특한 방식으로 시합을 진흙탕 싸움으로 몰고 갔다.

"헥, 헥."

누가 봐도 산소가 부족한 것이 여실하게 보이는 소에다의 낯빛은 보랏빛으로 물들어 있었다. 영석보다도 더 극심한 빈사 상태다. 하지만 그럼에도 영석은 포인트를 따내기 힘들었다.

펑!!

팡!

둘의 공은 질 자체가 달랐다. 그것은 타구음만으로도 설명이 되는 것이다.

'또!!'

영석은 기가 질린 표정으로 자신의 공을 쫓아가서 라켓을 휘두르는 소에다를 봤다.

분명히 소에다는 영석 자신이 공을 치기 전에 움찔하며 몸을 움직일 준비를 했다. 앞으로 펼쳐질 상황을 정확하게 예측한 것이다.

'어떻게 저게 가능하지?'

다섯 번 중 한두 번을 예상하는 건 프로에겐 당연한 일이다.

경험치에 따른 직관력이라는 게 있으니 말이다. 상황과 상황을 퍼즐처럼 넓게 펼쳐 빈구석을 추론하는 사고 과정이다.

하지만, 소에다는 달랐다.

어떤 통계나 직감이 아닌, 순간순간 영석의 동작을 보고 코스를 '맞히는' 것이다.

놀랍게도 그는 영석의 지난 열 번의 스트로크 중, 여섯 번의 코스를 맞혔다.

신내림을 받지 않은 이상, 말도 안 되는 일이다.

"혹, 후욱… 쓰읍, 후우우……."

온몸으로 내뱉던 호흡이 목구멍까지 차올랐다.

딱 10초, 10초만 있으면 호흡을 정리할 수 있을 것 같은데, 소에다는 영석에게 틈을 주지 않았다.

팡!!

공의 속도는 느리고, 회전도 평범하다. 하지만 단 하나의 장점이 영석의 솜털을 비죽 서게 만든다.

'젠장, 빠르다.'

소에다의 스트로크는 그럭저럭 평범했다. 굳이 예를 들면, 이재림이 조금 더 '이상적'으로 성장한 모습일 것이다.

다만, 스윙의 타이밍이 빨랐다. 그러면서도 정확한 타점을 가져갔다.

라이징 스트로크가 기본으로 깔린 것이다.

'좋아.'

그렇다고 소에다의 공을 받아치는 것이 영석에게 힘든 일은 아니었다. 문제는, 어떤 방법인지는 모르겠지만, 영석의 샷을 예측한다는 것이다.

하지만 영석은 마음을 굳게 먹었다. 아니, 마음을 굳게 먹기도 전에 본능은 영석의 몸을 달리게 했다.

'네가 이렇게 나오면……'

두두두…….

가볍고 물 흐르듯 유려한 스텝이 난폭함을 가득 담고 코트를 진동시켰다.

'누가 이기는지 보자……'

스읍.

"흡!!"

숨을 폐부에 가득 머금고 온몸을 닦달한다.

근육이 비명을 지르고 빠르게 소진된 산소를 더 달라고 보챈다.

흐르는 땀방울은 속눈썹에서 파르르 떨며 떨어지지 않으려 애를 쓴다.

하지만 이 모든 것은 영석에게 어떠한 방해도 되지 못했다.

쉬이이익!!

휘둘러지는 라켓이 공기를 가르는 소리가 섬뜩하다. 마치 칼날이 내는 소리 같다.

퍼어어엉!!!

잔뜩 일그러진 공은 터지진 않을까 걱정되게 만든다.

쒜엑!!!

총알처럼 쏘아진 공은 떨리는 눈을 한 소에다를 향해 곧장 나아갔다.

'알고 있어도 받을 수 없는 공을 주마.'

영석이 섬뜩한 미소를 지었다.

마치 악당 같은 영석의 모습에 코트장엔 일순 무저갱 같은 암울한 긴장감이 가득했다.

\*              \*              \*

펑!!

"으랏차!!"

보기도 드물고, 듣기도 힘든 영석의 기합이 코트를 가득 울린다.

쒜엑.

"훅훅."

톱스핀이 가득 걸린 영석의 스트로크를 쫓아 소에다가 게거품을 물며 공을 받아낸다.

퉁!!

공은 아리랑볼처럼 부웅 떠서 영석에게 다가왔다.

일명 문볼(Moonball : 높게 둥근 원을 그리는, 주로 시간을 벌기 위해 치는 샷)이다. 상대방의 공을 냅다 퍼 올려 넘기는 것에 집중한 전략으로, 프로의 경기에선 거의 나오지 않지만, 아마추어끼리의 경기에선 제법 흔하게 볼 수 있다.

'내가 실수라도 할까 보냐.'

씨익 웃는 영석의 몸 상태는 한눈에 정상이 아니란 것을 알수 있었다.

붉다 못해 빨갛게 느껴지는 얼굴이 위험하게 느껴졌고, 팔전체엔 강줄기처럼 도드라지는 혈관이 한 무더기의 지렁이처럼그득했다.

그뿐인가, 다리에는 잔경련이 한시도 쉬지 않고 일어나고 있었다.

'신난다!!'

그럼에도 영석은 지친 기색이 없다. 아니, 오히려 시합이 2시간을 넘어선 순간부턴 샷 하나하나가 더 날카로워졌고, 바닥에발이 붙어 있기는 한 건지 의심스러울 정도로 날아다녔다.

광기.

영석이 보여주고 있는 흥분 상태의 정체다.

"다 보여, 다 보인다고!!"

펑!!

혼잣말을 중얼거리는 영석의 눈에 실핏줄이 올라왔다.

너무나 위험해 보이지만, 영석은 개의치 않았다.

상대방의 동작 하나하나, 심지어 소에다의 팔에 난 잔털까지보이는 것 같았다.

"쎄엑, 세엑."

반면, 소에다는 그야말로 목불인견의 상태다.

라켓을 휘두를 힘조차 없는지, 팔을 추욱 늘어뜨리고 휘적

휘적 코트를 걸어 다닐 뿐이다.

하지만 신기하게도 영석의 강맹한 스트로크를 놓치지 않고 잘 받아내고 있었다.

한 번을 받아내면, 특유의 빠른 타이밍의 스윙을 이용해 랠리를 이어간다.

펑!!

팡.

퍼엉!!

팡.

툭.

광인처럼 무차별적인 공격을 쏟아붓는 영석과, 그런 영석의 바짓가랑이라도 붙잡고 늘어지듯 처절하게 악다구니를 쓰며 받아내는 소에다까지. 둘 모두 신체적으로도, 정신적으로도 이미 일반적이지 않은, 광인에 가까웠다.

두 선수의 처절하며 아찔한 줄다리기가 관객들의 정신줄을 잡고 마구 흔들어댄다.

그들은 어느새 숨 쉬는 것마저 잊어버린 채, 눈 한 번 깜빡이지 않고 선수들의 플레이 하나하나를 머릿속에 아로새겼다.

"으악!"

펑!!

자지러지는 영석의 고함이 격렬한 타구음과 함께 정적이 흐르는 코트장을 울린다.

"흑!"

팡!

그 공격을 흐느끼듯 나직한 신음과 함께 소에다가 받아낸다.

'벌써 열다섯 구째다. 이제 슬슬 호흡하기가 힘들어.'

혹독한 훈련으로 이룩한 심폐 능력이 영석의 기력을 붙잡고 있었지만, 곧 한계가 온다.

"후욱!"

영석이 크게 숨을 내뱉으며 순간적으로 온몸에 한 올의 힘도 남기지 않았다.

투웅.

베이스라인에서 펼치는 드롭샷.

긴박감 넘치는 처절한 전쟁 중에 전가의 보도가 펼쳐졌다.

다다닥.

"쳇!"

소에다가 느리지만 적절한 타이밍으로 뛰어온다.

피로에 절어 반쯤 감긴 눈을 하고도 용케 영석의 수를 읽은 것이다.

퉁!

하지만 소에다의 몸은 그의 의지처럼 굳건하진 않았다.

애써 받아낸 공이 두둥실 느리게 영석에게 다가갔다.

"으으! 합!"

펑!

물 먹은 솜처럼 늘어진 팔을 들어 올린 영석이 매가리 없이 넘어온 공을 스매시로 마무리했다.

또르르 구르는 공이 길고 긴 한 포인트의 끝을 알렸다.

"컴!!! 온!!!"

뇌성벽력 같은 사자후가 수천 명 관중의 오금을 저리게 했다.

그 소리를 들은 모두는 온몸에 쭈뻣쭈뻣 흐르는 전율을 느꼈다.

맹수의 포효, 승자의 독기, 숭고하기까지 한 패기가 한동안 적막을 이끌었다.

고오오오오.

모두가 숨을 죽이니 기묘한 공명음이 울렸다.

얕게 호흡하는 숨소리, 고동치는 심장박동의 공명일 것이다.

"우와아아아아!!"

"삐이이익!!"

영석의 포효는 흥분한 관중이 쏟아내는 우레 같은 갈채로 돌아왔다.

"…크하하하핫!"

영석은 크게 웃으며 대자로 드러누워 눈을 감고 호흡을 가다듬었다.

포인트 사이에 주어지는 짧은 휴식 시간을 최대한 이용하려는 심산이다.

"……"

반면 소에다는 패색이 짙은 신색으로 멍하니 영석을 바라보고 있었다.

두려움과 아쉬움, 고집이 맞물려 휘돌고 있는 눈동자다.

　　　　*　　　　　*　　　　　*

"수고했습니다."

"수, 수고했습니다."

경기가 끝이 났다.

이번 대회에서 가장 어린 나이의 두 선수는 그 후에도 길면
서도 수준 높은 랠리를 선보이며 경기를 이끌었다.

그리고 경기는 체력과 정신력, 기술력에서까지 모두 크게 앞
선 영석이 승리를 거두게 됐다.

후들거리는 무릎을 애써 타이르며 악수를 나누고 있는 영석
과 소에다는 서로의 몸에서 뿜어져 나오는 형용 못 할 악취에
후각이 마비됨을 느꼈다.

와락.

그러나 경기 중에 말이 아닌 플레이로 교감을 나눴기 때문
일까, 서로가 서로를 포옹하는 것에 어떠한 거리낌도 없었다.

"정말 대단한 경기였습니다."

"가장 훌륭하진 않지만, 가장 대단한 선수를 만나 시합하게
돼서 기쁩니다."

서로의 모국어가 아닌지라 다소 어색한 어조지만, 말로는 표
현 못 할 교감이 두 선수 사이엔 있었다. 영석은 이번 생에서
처음 느껴본 일이었다.

"다음에 또 경기합시다."

그들은 그렇게 짧은 인사말과 함께 승자와 패자의 자리로 돌아갔다.

*     *     *

우당탕.

"영석 군, 자네 괜찮나?"

짤막한 공식 승자 인터뷰를 마친 영석은 차분하게 자신의 짐을 정리하여 대기실로 들어섰다.

어지간한 부상이 아닌 이상, 이렇듯 경기 시작부터 끝까지의 모든 과정은 온전히 선수의 몫이다.

"아, 박 기자님."

"일단! 이리 와서 좀 엎드리세요."

강춘수가 맥을 자르고 들어와 조심스레 영석을 부축해 뉘었다.

그러자 물리치료사 둘이 급하게 다가와 영석의 전신을 주물럭거리기 시작했다.

냉온 찜질, 지압 등 조심스럽지만 숙련된 손놀림이 영석에게 고통과 묘한 시원함을 함께 선사했다.

"어때요, 손상되거나 손상 위험이 있는 부위가 있습니까?"

한동안 몸을 맡긴 영석이 물었다.

물리치료사들은 손목, 팔꿈치, 골반, 허리 등 관절 부위를 자극하며 되레 통증 여부를 물었다.

안 아픕니다. 네. 괜찮아요. 앵무새처럼 몇 번을 대답했을까. 문제없을 것 같다는 진단을 받은 영석은 그제야 몰려오는 피로감에 정신을 차리기 힘들어했다.

영석이 천천히 몸을 일으키며 빠르게 중얼거렸다.

"박 기자님, 오늘 시합한 소에다요… 혹시 유명한 선수인가요?"

박정훈은 영석의 뜬금없는 질문에도 나름 성실하게 답을 했다.

"아니, 그냥 유망주 정도로 알고 있는데… 이렇게 네가 고생을 했다는 게 신기하구나."

"음… 오늘 조금 이상했어요. 스트로크를 어떻게 저런 식으로 예측할까… 사실 그건 그 나이대에 할 수 없는 일인데 말이죠."

영석의 말을 들은 박정훈의 머릿속에 방금 전의 시합 장면들이 이어졌다.

"확실히 능력에 비해 과도할 정도로 예측을 잘했어. 일단 그건 내가 조만간 알아 와보마."

"아, 그래주시면 감사하죠. 일단 전 가봐야겠어요."

"어, 어딜 가려고?"

박정훈이 영석의 어깨를 붙잡으며 물었다.

영석이 멀뚱한 표정으로 답했다. 게슴츠레 반쯤 감긴 눈의 눈꺼풀이 잔경련을 일으키고 있었다.

"당연한 거 아닙니까. 진희 시합 보러 가야지."

"으이구… 그렇게 무리했으면 쉴 생각을 해야지, 이게 무슨 꼴이야그래."

침대에 누워 있는 영석을 향해 진희가 불퉁거리며 혼을 냈다.

"궁금한 걸 어째……."

영석이 쓰게 웃으며 답했다.

'하긴, 내 시합이 오래 걸리긴 했지.'

진희의 시합을 보러 가겠다고 기어코 대기실을 나선 영석은 팔짱을 낀 채 오연하게 서 있는 진희와 마주했었다.

"6 : 3, 6 : 4. 진즉에 끝냈지."

당당한 진희의 모습에 영석은 피식 웃고는 쏟아지는 졸음을 이겨내지 못하고 진희의 품에 안기듯 털썩 쓰러졌었다.

"…여간에, 누가 보면 내가 네 자식인 줄 알겠다."

정신을 차리고 종알거리는 진희를 본 영석이 상념에서 돌아와 말했다.

"상대는 어땠어? 어떻게 이겼어?"

진희는 말을 돌리려는 영석이 얄미웠지만, 어차피 영석의 의지를 거스를 수 없고, 거스를 마음도 없었기 때문에 순순히 답했다.

"스기야마 아이? 일본인이었어. 체격은 작고 기술력으로 승부하는, 요즘에 보기 드문 유형의 선수였어. 아, 그리고 끈질긴 면도 있었어. 다리도 제법 빨랐고. 그리고… 이상할 정도로 예측을 잘하더라."

영석은 진희의 말에 소에다를 떠올렸다.

스기야마 아이 또한 전생에서 꽤나 상세하게 알 수밖에 없었던 선수다.

그 유명한 다테 키미코와 함께 '일본 여자 테니스 영광의 세대'를 구축한 삼인방 중 하나이기 때문이다. 하지만 스기야마는 소에다는 물론이고, 영석과 진희보다도 한참이나 나이가 많았다.

'20대 중후반이려나? 같은 대회, 같은 위화감, 같은 국적의 선수들이라……'

"그래서, 어떻게 이겼어?"

영석이 짐짓 흥미롭다는 기색으로 물었다.

진희라면 자신과는 다른 방식으로 처리했을 거란 걸 알기 때문이다.

"비교 우위를 따졌지."

"비교 우위?"

"응. 체력, 근력, 기술력, 주력을 분석해서 내가 더 높은 능력을 주로 쓴 거야."

영석은 진희의 영리함에 감탄했다.

영석 자신은 냉정을 잃고 무차별적으로 쏟아붓기만 했었는데, 진희는 냉정한 수 싸움을 한 것이다.

'아니, 스기야마는 진희의 재능을 못 넘었어.'

진희는 진희의 재능으로 대응을 했을 뿐일 것이다.

때로는 압도적인 기량으로 때려 부수는 영석의 방식이 옳을 수 있다.

"괴물 언니, 세레나 흉내 좀 내봤지. 펑!! 펑!!! 하면서 신나게 스트로크 주고받다가 드롭이나 짧은 공으로 발리전도 유발하고… 아참. 나 두 번인가 세 번 빼고 퍼스트 서브 들어가면 무조건 서브&발리로 나가봤어."

두 번의 기회가 주어지는 가운데, 퍼스트 서브는 보통 전력에 가까운 힘으로 플랫 서브를 노리게 마련이다. 빠르고 강하며, 곧은 공은 비단 야구뿐 아니라 테니스에서도 주효하다.

'진희의 서브는 상대의 스트로크 능력을 시험하는 잣대가 된다. 상대의 스트로크 능력이 높으면 리스크가 큰 서브&발리는 하지 않았겠지. 진희의 기준보다 그 일본인의 능력이 모자랐으니 장기인 발리로 확실하게 우위를 점한 거고.'

진희의 시합 장면이 고스란히 영상이 되어 영석의 머릿속에서 재생됐다.

여자 테니스계에서 진희는 실로 우수한 능력을 갖고 있다. 마르티나 힝기스와 같은 기술력은 물론이고, 세레나에게도 크게 뒤지지 않는 힘과 속도까지 겸비한, 그런 선수로 성장할 가능성이 높기 때문이다.

신나게 플레이했을 진희의 모습이 상상되자, 영석은 누운 채로 진희의 손을 잡고 손등을 가만히 쓰다듬어 주었다.

"잘했어."

　　　　　*　　　　　*　　　　　*

　그 후로는 쾌속 진격이었다.

　영석과 진희 모두 별다른 어려움 없이 이겨 나가기만 했다.

　3회전, 4회전… 영석은 모든 부분에서 우수한 만큼, 다양한 전략을 시도해 보는 기회로 삼았다.

　서브&발리를 기본으로, 스트로크전으로 몰고 가보기도 했고, 아카데미에서 약점으로 지적받은 바 있는 발리와 로브를 활용한 기술적인 전개로 끌고 가기도 했다.

　진희는 자신의 장점을 갈고닦았다.

　끊임없이 잘 벼린 그녀의 전가의 보도(寶刀)는 바로 리턴&발리다.

　포핸드, 백핸드 모두 평균적인 수준으로, 스트로크가 월등하게 강하지 않은 진희는 좋은 눈과 탁월하게 유연한 신체, 천부적으로 타고난 터치 감각을 이용해서 효율적인 리턴과 타의 추종을 불허하는 발리 실력으로 상대를 고난에 빠뜨렸다.

　영석과 진희의 승승장구에 박 기자와 김서영 인턴 기자는 연신 노트북에 불이 나도록 타이핑을 했다. 에이전트 겸 매니저인 강씨 남매 또한 조금은 긴장을 놓고 대회의 흐름을 낙관적으로 즐기고 있었다. 물론, 그들의 임무 중 하나인 선수 분석은 철저히 했다.

　이런 전개는 영석이 예상한 바였다.

　단 한 가지만 제외하고 말이다.

'왜 유명한 선수들이 없지?'

빅4의 시대가 오기 전이라면 휴이트나 날반디안, 애거시 등의 스타들이 드문드문 보여야 했다. 그게 상식이다.

하지만 영석은 이번 대회에서 그들을 보지 못했다.

"……."

소에다처럼 예상하지도 못한 선수가 자신을 애먹였다.

가스케는 주니어 대회에서 영석 자신이 손쉽게 물리쳤다.

"미래가, 정해진 것들이 바뀌기 시작하는 건가……."

기분이 좋은 것일까, 긴장되는 것일까, 아니면 우울한 것일까.

나직하게 중얼거리는 영석의 음색에서 설렘과 떨림이 묻어나왔다.

＊　　　＊　　　＊

펑!!

펑!!

지금까지와 다름없이 간단하게 준결승전을 제압한 영석과 진희는 결승전을 앞두고 몸을 풀고 있었다.

영석이 이룩한 경지는 기분과 정신적인 컨디션에 상관없이 일정한 리듬을 자아냈고, 공의 회전 또한 기계처럼 정확하고 일정했다.

찰칵! 찰칵!

"벌써 이 정도의 완숙미가 느껴지다니……."

박정훈이 카메라를 내리며 잔뜩 충혈된 눈을 드러냈다.

지난밤의 음주가 고스란히 유추되는 눈이다. 하지만 입에서 나오는 말은 진중했다.

"완숙미? 어떤 게요?"

김서영이 멍하니 진희를 바라보다가 박정훈의 말에 묻는다.

박정훈이 한심하다는 눈빛으로 말한다.

"테니스 좋다는 녀석이 그거 하나 못 보냐. 이영석 선수를 봐라."

"…잘하네요."

"휴우……."

김서영의 평에 박정훈이 고개를 저으며 한숨을 쉬었다.

"너도 나중에 알게 될 테지만… 잘 봐라. 이영석 선수의 스텝, 스윙을 보면 한 톨의 낭비가 없다."

"힘 말이죠?"

김서영은 제법 총기가 있는지 자신 있게 답했다.

박정훈이 고개를 끄덕이며 부연했다.

"힘뿐만 아니야. 움직이는 동선도 봐라."

박정훈의 말에 김서영이 시선을 영석에게로 향했다.

타다닥

공을 따라 몸을 움직이는데, 스텝이 간결하고 효율적이다.

자신이 서 있는 곳에서 공의 위치까지 최단 거리가 머릿속에서 그려진다는 것이다.

쉬익ㅡ!

공을 자신의 품에 가두고 스윙이 시작된다.

날렵하고 부드러운 스윙이 보는 이의 눈을 호강시켜 준다.

뒤로 빼 든 라켓이 공을 향해 엄청난 속도로 휘둘러진다.

검도(劍道)의 발도(拔刀)가 이러할까, 눈으로 좇을 수 없다.

펑!!

언뜻 보기에 호리호리한 몸 어디에 저런 강렬함이 있을까 궁금해질 정도의 타구음이다.

"멋있네요……."

김서영이 홀린 듯 말했다.

박정훈도 홀리긴 마찬가지다.

"움직임 하나하나, 과장하자면 숨 쉬는 것까지… 이영석 선수는 코트에 들어서면 자신을 이루고 있는 유무형적인 모든 것들을 결단코 낭비하지 않아. 공을 칠 때마다 컴퓨터처럼 계산이 되는 거야. 대단한 거지……."

박정훈은 영석에게 시선을 고정한 채 말했다.

정신을 차린 김서영이 조금은 분한 기색으로 말했다.

"김진희 선수도 만만치 않다고요!"

"하압!!"

영석의 천재성은 전문가들의 눈을 빼앗을 뿐, 사실 연습 코트 주변을 둘러싸고 있는 대부분의 관중이 넋을 잃고 보고 있는 건 진희였다. 아무리 몸 풀기 랠리지만, 남자 선수가 사정없이 치는 공을 기어코 따라가서 받아내는 진희의 모습이 놀라운 것이다.

"그래, 네 말대로 김진희 선수도 대단하지. 아마 앞으로 테니스에서 '동양인 최초'라는 타이틀은 저 둘이 독식할 거야. 이영석 선수는 '남자'로, 김진희 선수는 '여자'로 말이야."

"맞아요! 전 김진희 선수도 대성할 거라 생각해요!"

김서영의 눈이 반짝인다.

눈부신 재능을 개화(開花)하고 있는 선수를 보는 이의 설렘과 흥분이 뒤섞인 눈빛이다.

"우리나라 테니스계가 저 둘로 인해 크게 변할 거야."

박정훈이 희망을 한껏 담은 어조로 말했다.

*        *        *

"왜 그래?"

연습이 끝나고 벤치에 앉아 땀을 닦는 영석에게 다가온 진희가 묻는다.

그 누구도 진희보다 영석에 대해 잘 아는 사람은 없을 거다. 아주 사소한 변화라도 진희의 눈을 벗어날 순 없는 것이다.

"응?"

"내가 모를 거 같아?"

모른 척을 할 요량은 아니었고, 반사적인 답이었지만, 많은 의미가 함축된 진희의 되묻는 말에 영석이 쓴웃음을 짓고는 답했다.

"그냥, 별거 아니야."

와락!

영석의 말에 진희가 덥석 영석을 안고는 머리를 쓰다듬어 줬다.

"…벌써 내가 모르는 비밀이라도 생긴 거야? 그런 거야?"

행동과 달리 입에선 장난스러운 말이 나왔다.

"차가워~"

진희의 품속에서 얼굴을 붉힌 영석이 바둥거리며 저항했다.

그럴수록 진희는 품에 갇힌 영석을 더욱 우악스럽게(?) 다뤘다.

이번에는 장난스러운 행동과 상반되는 부드러운 어조의 말이 진희의 입에서 흘러나왔다.

"영석아, 뭔지는 모르겠지만… 넌 흔들리면 안 돼. 넌 내 등대이자 빛이니까……. 알았지?"

"웁!!"

항상 영석이 하던 낯간지러운 말을 자신이 뱉게 되자 진희는 부끄러웠는지, 얼굴을 붉히며 영석을 더욱 힘차게 끌어안았다.

"……."

진희의 품에서 영석은 기분이 좋아지는 걸 느꼈다.

모처럼의 우울은 그렇게 순식간에 걷어졌다.

Chapter 22
# International in SydneyⅡ

"하압!!"

펑!!

공이 녹색 선을 그리며 뻗어 나간다.

펑!!

받아친 공이 강렬한 기세를 죽이지 않고 네트에 가로막힌다.

휘리리리릭.

걸려 있는 톱스핀이 대단했는지, 공은 네트에 막힌 상태에서도 끊임없이 회전을 하다가 땅으로 굴렀다.

"Shit!"

팔과 다리에 남자 못지않은 근육이 오밀조밀 아로새겨진 백인 여자 선수가 나직하게 짜증을 내뱉는다.

"서티 러브(30 : 0)."

심판의 콜이 관객에게까지 잘 들렸다.

"상대도… 잘하네요."

관중석에 앉아 있는 영석이 혼잣말을 하듯 중얼거렸다.

"물론이지. 엄연히 포인트가 달린 경기야. 모두가 프로고, 모두가 인생을 걸고 시합을 하고 있지. 쉽게 볼 일이……."

영석의 말에 반응한 박정훈이 말을 하다 말고 입을 다문다.

"……??"

영석은 계속하라는 듯 박정훈의 눈을 마주했지만, 박정훈은 묵묵부답이었다.

'이영석 선수한테는 적용이 안 되는 말일지도…….'

박정훈의 머릿속에 6 : 2, 6 : 3, 6 : 2로 방금 전에 끝난 영석의 결승전이 재생됐다.

*           *           *

둥실― 투쾅!!

이제는 전매특허처럼 자리 잡은 영석의 점핑 서브.

풍선처럼 몸이 두둥실 떠서 앞으로 날아간다. 관중석에서 숨죽인 감탄이 터져 나온다.

시간이 정지한 듯, 모두가 경악을 하며 영석의 서브를 지켜본다.

마이클 조던의 에어워크랑 흡사한 광경이다. 주변의 모든 것이 움직이지 않고, 영석 홀로 공중을 유영한다.

쒜에엑—

200㎞/h에 한없이 근접한, 보기만 해도 섬뜩한 플랫 서브가 작렬한다.

퉁.

그러나 상대도 엄연한 프로.

영석 정도의 서브에 손을 못 대서야 프로라는 이름값을 못 한다.

펑!

이미 1, 2회전을 포함한 앞선 게임에서 영석을 모니터링했기 때문에, 이내 발리로 나올 것을 예측한 상대는 영석의 양옆을 노리고 강하게 리턴했다. 빠른 서브는 더더욱 빠르게 가속되어 영석에게 돌아왔다.

'좋아!'

코스가 좋았기 때문에, 상대 선수는 내심 크게 환호했다.

하지만.

끼익, 끽, 끼기기긱.

달려오던 영석이 화려하게 발을 놀린다.

엄청난 가속에도 불구하고 완벽하리만큼 몸을 컨트롤해 멈춘다. 그리고 이어진 사이드 스텝과 잔발 스텝.

빙상이었다면 예술 점수 만점을 주었을, 유려한 몸놀림이 공과 영석의 간극을 제로로 만들었다.

치익, 퉁.

영석이 왼쪽 방향, 그것도 발밑으로 잘 떨어진 공을 어떻게 처리하나 모두가 눈을 뜨고 지켜보는 그 순간!

영석은 라켓 테두리를 땅에 긁듯 떨어지는 공에 근접시키고 가볍게 팔을 놀렸다. 거트에 공이 닿자마자 뒤로 확 뺀 것이다. 공과의 접촉 시간은 그야말로 찰나(刹那).

휙!

휘리릭.

라켓이 공기를 가르는 파공성이 날카롭게 영석의 귀에 스친다.

사이드 스핀을 먹은 공은 네트를 살짝 넘어 바운드됨과 동시에 옆으로 또르르 굴렀다.

"게임 셋 매치……."

"……."

"……."

상대 선수, 관객 모두가 다양한 감정을 내포한 침묵으로 매치포인트의 여운을 만끽했다.

심판의 선언이 멀리서 들려오듯 아련하다.

"…우와!!!"

한 명의 비명 섞인 감탄을 필두로, 코트는 관중들의 환호성으로 가득 찼다.

우승, 실로 여유롭게 이룬 대업적이다.

"……!!!"

모두가 일어나서 우승자를 축하하는 그 시간, 박정훈은 결코 환호할 수 없었다.

온몸을 훑으며 돌고 도는 소름 때문이다. 박정훈이 할 수 있는 일이라곤, 가만히 앉아 양팔을 감싸 안는 것뿐이었다.

'…완성.'

박정훈이 순간 떠올린 단어다.

'기자 생활이 몇 년인데, 이렇게 어휘력이 부족하다니!'라며 내심 자신을 질책도 했지만, 지금의 영석을 표현할 수 있는 단어는 단 하나다. 완성(完成). 영석은 완전히 이룬 것이다.

'붙어봐야 알겠지만, 지금의 이영석은 누구에게도 질 것 같지 않다.'

박정훈은 짧은 상념을 하며 쓰게 웃었다.

본인이 생각하기에도 웃겼기 때문이다.

이제 가랑이 사이에 털 나기 시작한 10대 소년을 두고 완성이니, 질 것 같지 않다느니 하는 자신의 안목이 서글프도록 편파적임을 깨달았기 때문이다.

"…하지만 오늘은 그 정도로 압도적이었지!"

자신을 설득하듯 입으로 한마디를 내뱉은 박정훈은 몸을 일으켜 힘차게 박수를 쳤다. 손아귀가 얼얼하다 못해 멍이 들 정도로 말이다.

코트 위엔 우승자 이영석이 양팔을 높이 들고 관중들의 축하를 만끽하고 있었다.

'통산 2회 우승, ATP 투어 첫 참가 첫 우승'이라는 화려한 이력의 시작점을 알리고 있는 것이다.

     *    *    *

"…거참. 말을 해요, 말을."

"……."

영석이 살짝 짜증을 담아 박정훈을 타박한다.

머릿속에서 불과 몇 시간 전의 일을 되뇌던 박정훈은 흠칫 정신을 차렸다.

"우승한 거 안 기쁜가?"

결승전을 치르고 여느 때와 같이 '인터뷰는 이따 진희 시합 끝나고'라며 발걸음을 서두른 영석의 모습이 불현듯 떠올라 물은 것이다.

"…맥락 없이 무슨 말이람."

영석이 박정훈에게 머물던 시선을 거둬 코트에서 펄펄 뛰고 있는 진희에게 못 박았다.

"당분간은 안 기뻐요, 진희도 같이 이기지 않는다면."

"……!!"

영석의 입을 비집고 흘러나온 말은 꽤나 솔직했고, 날것의 생생함을 담고 있었다.

듣고 있는 박정훈과 김서영은 모두 혼비백산해서 영석을 멍하니 바라볼 뿐이었다.

누군가는 평생 동안 이루지 못한 업적을 10대에 이룬다. 자연히 방만한 태도를 보일 법했지만 영석은 늘 아니었다. 심지어

7살 때도 말이다.

"…대단하군. 어째서 그렇게 진희 양에게 맹목적일 수 있지?"

잠시의 충격을 뒤로하고 박정훈이 물었다.

영석은 살짝 미간을 찌푸리다가 가볍게 한숨을 내쉬곤 답했다. 여전히 시선은 진희에게 머물고 있었다.

"어차피 나중에 진희 있으면 못 할 말이니 인터뷰하는 셈 치고 답해 드릴게요."

"말하십시오."

박정훈이 어느새 기자의 말투로 돌아갔다.

날카롭게 빛나는 눈이 영석의 말을 한 마디도 놓치지 않겠다는 듯 불타오른다.

옆에 있는 김서영은 수첩을 꺼내 받아 적을 준비를 하고 있다.

"모든 것은 최종적으로 진희가 선택해서 이렇게 프로로 살아가고 있는 거지만, 저는 진희의 인생에 너무나 깊게 관여하고 있습니다. 박 기자님도 기억나죠? 국민학생 때 우승했던 그 대회."

"네, 기억납니다."

영석은 눈동자가 먼 곳을 바라보듯 뚜렷함을 잃어갔다.

"그 후로, 진희의 삶은 완전히 바뀌었어요. 저와 같은 삶으로 물들어 버린 거죠. 같은 대학을 노리고 공부하고, 같은 코치들에게 레슨을 받고, 같은 아카데미에서 연습하고, 같은 대회에 진출하기에 이른 겁니다."

"영향을 많이 끼쳤다… 는 말이군요."

김서영이 뒤에서 나지막하게 영석의 말을 받았다.

주변의 소음은 이들 셋에게 일절 들리지 않았다.

"네, 그렇죠. 진희의 선택은 오롯이 진희의 의도가 아닐 수 있습니다. 가끔 생각해요… '내가 진희의 삶을 멋대로 움직이는 건가?'라는 오만한 생각."

"……."

성인들도 구사하기 힘든 문장이 앳된 소년의 입에서 줄줄 새어 나온다. 두 기자는 멍하니 있을 도리밖에 없다.

"그래서 저에게 지금 당장은 진희의 일거수일투족이 세상에서 제일 중요합니다. 무슨 일이 있어도 제가 책임질 수 있는… 아니, 진희가 잘 살아갈 수 있게끔 도와야 해요."

"그렇… 군요."

영석의 열망은 너무나 커서 두 기자를 압도해 버렸다.

짝.

영석이 갑자기 손뼉을 친다.

"박 기자님은 명기자이시니, 제 허접스러운 말도 고급지게 바꿔주실 수 있을 거라 믿어요."

그렇게 말하며 영석은 오랜만에 진희에게서 눈을 떼 박정훈과 눈을 마주했다.

"맡겨라."

박정훈은 다시 기자에서 '한국인 유망주의 열렬한 팬'으로 돌아가 답했다.

펑!!

"컴온!!!"

코트에선 진희의 상대방이 엄청난 박력으로 진희를 노려보며 포효했다.

"앗, 얘기하느라 못 봤잖아요! 이제 말 시키지 마요."

어른스러움은 몽땅 어딘가로 버려 버린 영석이 식은땀을 흘리며 엄지손톱을 잘근잘근 씹기 시작했다.

"잘해, 진희야……."

너무나 간절한 중얼거림에 두 기자도 자연스레 코트로 시선을 두었다.

*            *            *

20대 초반쯤 될까.

전광판에 새겨진 이름은 영석이 전혀 들어보지 못한 이름이다.

즉, 이유가 무엇이든 미래에 큰 업적을 남기지 못한 선수란 것이다.

180㎝는 훌쩍 넘는 늘씬한 몸, 길쭉길쭉하게 자리 잡은 잔근육들이 꿈틀댄다.

팔소매 없이 어깨끈이 전부인 상의 사이사이로 노출된 아름다운 근육들은 순수한 감탄을 유발한다.

전반적으로 체형은 진희와 비슷하다.

문제는 나이에 따른 신체 스펙이다.

힘에선 진희보다 월등했고, 빠르기도 엇비슷했다. 그야말로 진희에게 있어서 커다란 적이다.

하지만…….

투우웅.

얼마나 긴 시간 동안 깊게 라켓에 파묻혀 있었는지, 공은 둔탁한 타구음을 냈다.

"그렇지!!"

진희는 힘 VS 힘이라는 전략을 버렸다.

비슷한 건 스피드, 앞서 있는 건 기술과 터치 감각.

냉철한 계산이 끝나고, 공의 성질, 즉 구질(球質)이 바뀌기 시작했다.

"……!!"

타고난 진희의 터치 감각은 발리에서만 발휘되는 게 아니었다.

스트로크에서도 그 능력은 유감없이 발휘되기 시작했다.

빠르고 직선적이었던 공이 큰 각도, 휘어지는 구질로 변했다.

"쟤가 언제 저런 걸…….."

늘 함께 있는 영석마저 어안이 벙벙할 정도인데, 상대 선수는 오죽할까.

갑자기 공의 각도가 크게 휘어지기 시작하니, 공을 따라잡느라 평소보다 1~3, 4미터 정도는 더 뛰어야 했다.

쾅!!

하지만 상대 선수의 역량도 역시 훌륭했다.

러닝 스트로크로 시간을 줄여 늘어난 거리를 대체했다.

진희는 그 정도는 아무렇지 않은 듯 여유롭게 대처했다.

방금 쳤던 코스에 속도만 다르게 다시 구질을 변화시킨 것이다.

펑!!

한 번은 느리게, 한 번은 빠르게 주니 상대 선수의 페이스가 흐트러지기 시작했다.

그건 상대 선수의 스트로크만 봐도 명확하게 알 수 있었다. 힘과 속도는 그대로지만, 날카로움이 무뎌졌다.

그렇게 진희는 서서히 상대의 기량 자체를 갉아먹기 시작했다.

와이드 랠리(Wide rally : 공을 양옆으로 크게 벌려 진행하는 랠리)전이 됐다.

한편 코트에 선 진희는 어린아이처럼 신나 했다.

아마도 본인의 능력을 십분 발휘할 수 있는 길을 찾았기 때문일 것이다.

'왼쪽으로 길게······.'

풍!

'물컹' 하는 느낌과 함께 공이 다소 느리지만, 엄청난 각도로 꺾여 들어갔다.

펑!

'어? 받았네? 그럼 오른쪽은 어때?'

풍!

펑!

'오! 받았구나. 그럼 다시 왼··· 쪽이 아니라 또 오른쪽!'

펑!!

의식이 흐르는 대로 몸을 조작해 공을 주고받는다.

타점이 ㎜ 단위로 다르고, 각도는 0.x도 차이로 매번 다르다. 진희는 이 정밀한 계산을 오로지 '감각'과 '느낌'으로만 수행하고 있었다.

쉬익.

갑자기 템포를 올린 진희의 스트로크를 상대방이 쫓아가려다 역동작(예상대로 올 것을 의식하고 있다가 예상과는 다르게 올 때 몸과 뇌에 걸리는 부하)에 걸려 철푸덕 주저앉고 말았다.

"게임 셋 매치 원 바이 김진희!! 스코어……."

그 순간 게임은 끝났고, 우승을 확정한 진희는 포효했다.

"으아아아아아아아아!!!"

본인은 사자를 생각하고 내지른 포효겠지만, 가녀린 미성이라 그런지 귀엽기만 했다.

그러나 관중들은 비웃지 않고 환호로 답했다.

"휘이이이익!!"

"늘 생각하는 거지만, 진희 양도 참 대단해. 영석 군한테 전혀 밀리지 않는 재능이야."

박정훈이 무심결에 중얼거렸다. 영석도 고개를 끄덕여 동의했다.

"그래서 제가 마음이 조금은 편합니다. 어떤 길을 선택했어도, 이보다 더 빛날 순 없을 테니까요."

말을 하는 영석의 시야에 곧장 관중석으로 달려오는 진희가 보였다.

영석이 씨익 웃으며 팔을 벌렸다.

＊　　　　＊　　　　＊

"건배!!"

박정훈이 호기롭게 외치자, 영석과 진희, 그리고 강씨 남매 모두 술잔을 올렸다.

물론, 미성년자인 영석과 진희는 술 대신 주스였지만, 흥은 오를 대로 올랐다.

"캬아!!"

원샷을 한 박정훈이 벌건 안색으로 말했다.

"부모님께 전화는 했겠지?"

영석과 진희 모두 Adidas International에서 당당하게 우승 컵을 들었고, 인터뷰까지 마쳤다. 그리고 호텔을 새로 잡았다. 호주 오픈을 앞두고 영석과 진희의 컨디션을 최고조로 끌어 올리기 위해 1인 1실이라는 선택을 한 것이다. 수면에 대한 질까지 고려한 것이다.

하루 만에 살짝 초췌해진 영석이 답했다.

여유롭게 우승컵을 차지했지만, 시합은 시합이다. 정신적으로도, 신체적으로도 많은 것들을 소모하기에 이르렀던 것이다.

옆의 진희는 더더욱 초췌해 보였다.

"물론이죠. 호주 오픈 때는 오신다니 박 기자님이 잘 모셔주세요. 아무래도 춘수 씨나 혜수 씨보다는 안면이 있을 테니…

아, 그나저나 춘수 씨, 혜수 씨."

"말씀하세요."

영석의 물음에 강춘수가 집사처럼 정중하게 응했다.

과례(過禮)랄까, 그 정중함은 사람을 조금 질리게 하는 면이 있어서 영석이 머리를 긁적였다.

'어리다고 제 입맛대로 굴리려는 에이전트보단 낫지. 적응하면 될 일이다.'

"정확하게 호주 오픈까진 얼마나 남았죠?"

강춘수가 영석의 물음에 품에서 수첩을 꺼내 확인했다.

"12일 남았습니다."

"약 2주네요……."

잠시 생각에 잠긴 영석에게 진희가 타박을 준다.

"오늘 시합 끝났어~ 밥 좀 먹자."

안 그래도 영석과 진희 앞에는 다른 성인들의 2, 3배에 달하는 음식이 쌓여 있었다.

선수가 한 대회를 치르며 소모하는 에너지와 칼로리는 어마어마하기 때문에, 이렇게 과식으로 보일 정도의 보충을 해줘야 하는 것이다.

"그래, 밥 먹자."

영석이 쓰게 웃으며 강춘수에게 말한다.

자연스러운 지시가 잇따른다.

"이따 제 방으로 오셔요. 일정에 대해 얘기 좀 하게."

"알겠습니다."

강춘수가 정중히 고개를 끄덕였고, 젓가락을 들어 음식을 들기 시작했다.

강혜수와 김서영은 모두 진희를 부럽다는 듯 바라보았다.

"그렇게 먹어도 살 안 쪄요?"

"언니들도 선수 해요."

우문(愚問)에 현답(賢答)이다.

그렇게 일행은 시시껄렁한 잡담을 나누며 즐거운 식사 시간을 가졌다.

*           *           *

"…그럼 코트는 일전에 빌린 그곳이겠군요."

"네."

나무들로 둘러싸인, 보기 드문 절경을 간직한 코트 얘기다.

아늑한 1인실에서 영석과 강춘수가 얘기를 나누고 있다.

"비용은… 춘수 씨가 알아서 처리하실 거라 믿지만, 꽤 오르지 않았나요?"

영석이 왼손으로 연신 펜을 놀리며 물었다.

왼손의 감각을 끌어 올리려 시작한 이 행동은, 이제 곡예의 경지에 이르렀다.

"처음 계약할 때 한 달을 계약 기간으로 두어서 괜찮습니다."

영석의 질문에 답하는 강춘수의 안색에 언뜻 감탄이 서려 있었다.

'정말 나이답지 않군. 봐도 봐도 놀라울 따름이야.'

그런 강춘수의 상념을 아는지 모르는지, 영석은 계속해서 질문했다.

"코치 문제요? 물론, 이 문제가 금방 해결될 성질의 문제는 아니지만… 조금 조급해지는군요."

"백방으로 알아보고 있습니다. 이번에 우승하셨으니, 호주 오픈이 끝날 때쯤엔 윤곽이 잡힐 것도 같습니다."

"이번에 상대 선수에 대한 정보가 아주 좋았어요. 호주 오픈 때는……."

계속해서 논의할 건 많았다.

선수는 시합에만 집중하는 것이 맞으나, 영석은 가급적이면 시합 외에도, 진행되는 모든 것들의 전반적인 상황을 알고 싶었다. 아니, 정확히는 통제에 두고 싶었다.

혼자만의 문제가 아닌, 진희의 문제도 포함되어 있기 때문이다.

그때였다.

똑똑…….

방문을 노크하는 소리에 두 남자는 모두 대화를 멈추고 방문을 바라봤다.

끼이익.

조그맣게 열린 문틈을 사이로 진희의 얼굴이 드러났다.

"…혜수 언니가 춘수 씨 불러서요~ 저도 영석이한테 할 얘기 있고."

그 말에 영석이 어쩔 수 없다는 듯 고개를 주억이며 강춘수에게 말했다.

"그럼 자세한 건 호주 오픈 끝나고 얘기하죠."

"…네, 그럼 내일 뵙겠습니다."

강춘수가 몸을 일으켜 영석에게 정중히 고개를 숙이고 방을 나섰다. 진희에게도 정중한 인사를 하는 걸 빠뜨리지 않았다.

끼익, 탁.

"휴, 춘수 씨는 언제 봐도 무섭달까, 어렵달까… 그런 게 있어."

문을 닫은 진희가 속삭이며 들어왔다.

"……!"

진희가 걸어오자 꽃향기가 스물스물 영석의 후각을 자극했다.

샤워를 하고 나온 건지, 얼굴도 투명하고 밝았다.

내심 두근거린 영석은 그런 기색을 철저히 보이지 않고, 자연스레 말을 건넸다.

"이것아, 옷 꼴이 그게 뭐니."

진희가 영석의 말에 아래를 흘끔 보며 복장을 체크했다.

추리닝 상의는 후줄근하게 늘어져 있어서 속옷이 살짝 비쳤고, 하의는 짧은 바지 형태라 길고 흰 다리가 여과 없이 존재감을 떨치고 있었다.

"위야 뭐 어렸을 때부터 너랑 같은 옷이었고……."

진희가 변명 아닌 변명을 했다.

진희의 말대로 영석과 진희는 같은 상의였다. 어지간한 건

커플로 맞춰 버릇한 게 오래니 이런저런 것들이 다 똑같았다.

하지만 영석은 잔소리를 멈출 생각이 없었다.

"그럼 똑바로 자크를 올려야지. 그리고! 바지 말이야, 바지. 다 큰 처녀가 그렇게 다리를 다 드러내 놓고 다니면 어떡⋯⋯."

"⋯봤어."

진희가 영석의 말을 싹둑 잘랐다.

고개를 푹 숙이고 천천히 영석을 향해 걸어가는 진희. 방문은 소리도 들리지 않게 잠근 채였다.

그 모습에 놀란 영석이 자기도 모르게 뒷걸음질 쳤다.

"뭐, 뭘?"

코트 위에서는 한없이 냉정하고 침착하건만, 영석은 정신이 하얘지는 걸 느꼈다.

"⋯인터뷰. 나 시합할 때⋯⋯."

"⋯⋯!!"

진희의 말에 영석이 얼어붙은 듯 멈췄다.

복잡한 생각이 순간 뇌리를 스친다.

'화났으려나? 화⋯ 났겠지? 박정훈 이 인간을 그냥⋯⋯.'

그런 영석의 심리를 읽었을까, 진희가 말했다.

"서영 언니 씻고 있을 때 보디 워시 갖다 주면서 몰래 본 거야."

투욱.

진희가 발걸음을 멈췄다.

어느새 영석과의 거리는 반보도 채 되지 않았다.

영석이 더 이상 물러나지 않고, 진희의 팔을 붙잡았다.

힘이 있는 듯, 없는 듯 진희의 몸은 물렁거렸다.

"…화났어?"

"…아니."

진희의 목소리가 젖어 들어갔다.

너무나 나지막해 조용한 방에서 단둘이 있음에도 불구하고 목소리가 잘 안 들릴 지경이다.

"진희야, 왜… 읍!!"

털썩.

무언가 말을 하려는 영석은 말을 잇지 못했다.

진희가 급작스럽게 입을 맞춰왔기 때문이다. 다행히 뒤에 침대가 놓여 있어, 바닥에 쓰러지는 불상사는 피할 수 있었다.

영석은 온몸에 힘이 쭉 빠지는 것을 느꼈다.

"……."

말캉한 혀가 들어오는 게 느껴졌다.

힘이 많이 들어가 있어서, 영석의 입안을 반절 정도 차지하고 굳게 서 있었다.

"읍……."

순간 호흡이 부족해서 영석이 신음을 내며 공기를 최대한 들이마셨다.

그리고 시선을 진희에게 맞췄다.

지금이라도 밀어내려면 밀어낼 수 있지만, 눈을 꽉 감고 필사적으로 떨어지지 않으려 하는 진희를 보니 도저히 그럴 엄두가 나지 않았다.

와락.

누운 상태로 영석은 진희를 힘주어 안았다.

두 사람 사이의 공간이 없어졌다. 입부터 다리까지… 모두 밀착되었다.

'…이렇게나 땀이.'

진희를 안은 영석은 진희의 등에서 느껴지는 차가움에 놀랐다.

방금 전까지 보송보송했던 진희가 긴장했는지 식은땀을 흘렸던 것이다.

옷이 차갑게 젖어 들어갔다. 떨고 있는지, 영석의 손으로 미약한 떨림이 느껴졌다.

영석이 반사적으로 진희의 머리를 쓰다듬었다.

"……?"

놀란 듯 진희가 입을 떼고 영석을 바라봤다.

그 순간 영석은 진희를 안은 상태로 빙글 옆으로 굴렀다.

"꺅!"

진희가 비명 아닌 비명을 질렀다.

어느새 진희가 등을 바닥에 대고, 영석이 위에서 내려다보는 형세가 됐다.

"…됐어."

진희가 기어들어 가는 목소리로 말했다.

무슨 말을 했는지 들리지 않아 영석은 자연스럽게 물었다.

"응?"

"못됐다고. 그렇게 항상 잘해주고……."

진희가 말이 안 되는 말을 하기 시작했다.

피식 웃으며 위에서 진희를 내려다보는 영석은 진희의 얼굴을 주시했다.

벌써 10년…….

영석과 진희가 처음 만났을 때부터 10년의 세월이 흘렀다.

8살 때의 얼굴, 9살 때의 얼굴, 10살 때의 얼굴…….

잔상처럼 영석의 망막에 진희의 지난 세월이 맺힌다.

그리고 열여덟의 아가씨가 된 진희의 현재 모습에 도달하게 됐다.

"……."

영석은 심장을 도려내듯 크나큰 아픔을 느꼈다.

뻐근하고 목울대를 움켜쥐는 것 같은 고통이 상상되었다.

그리고 어느새 눈가에 눈물이 맺히려 했다.

'이게 뭐…….'

영석은 스스로의 감정을 도무지 이해할 수 없었다.

다행히 눈물은 흐르지 않고 순식간에 말랐다.

자신의 감정을 들키고 싶지 않았던 걸까, 영석은 누운 상태로 진희를 꽉 안았다.

자신의 얼굴을 못 보게.

"왜… 슬퍼?"

하지만 진희는 누구보다 영석을 잘 이해하고 있다.

이해라는 단어가 얼마나 어려운지를 감안하고라도 진희는 영석의 유일무이(唯一無二)한 이해자였다.

슥슥.

이번엔 진희가 영석의 머리를 상냥하게 쓰다듬었다.

그 낯선 손길에 영석이 움찔했다. 애써 말린 눈물이 다시 고이기 시작했다.

자신의 모든 것을 통제(統制)할 수 있었던 남자가, 연인을 앞에 두고 이유 모를 가슴 아픔에 눈물을 주체하지 못하는 것이다.

그렇게 한참 동안 감정을 추스른 영석이 다시 고개를 들어 진희와 눈을 마주쳤다.

"…좋아해."

눈물이 전염된 것일까, 이번엔 진희가 왈칵 벅차오르는 감정에 눈물을 눈가에 아롱다롱 매달았다.

"이럴 땐 사랑한다고 해야 하는 거야."

그러면서도 놓치지 않는 장난기.

진희의 이런 모습이 영석에게는 참으로 사랑스럽게 느껴졌다.

영석은 살며시 고개를 내려 진희의 입술을 찾았다.

"…음."

긴장이 풀어졌는지, 진희는 아까보단 힘이 빠진 상태로 영석의 키스를 받아들였다.

그러나 여전히 떨리는지, 몸엔 잔경련이 일었다.

스윽.

입을 뗀 영석과 진희 사이에 은색 실이 생겨났다.

그게 멋쩍었는지 영석이 농담을 건넨다.

"그런데 우리… 아직 미성년자… 컥!"

영석은 영석 나름대로 장난을 치려고 했지만, 등허리를 우악스럽게 꼬집는 진희의 응징(?)에 금방 항복하고 말았다.

"꼭, 분위기 깨는 데는 선수지, 아주."

그러면서도 새끼 새처럼 영석의 입을 찾는 진희였다.

"음……."

달뜬 호흡과, 한껏 달아오른 얼굴, 눈에선 영석을 뚫어버릴 것 같은 열기가 피어오른다.

영석은 비록 전생에도, 현재에도 여자 경험이 없었지만, 진희의 눈빛이 무얼 원하고 있는지 알 수 있을 것 같았다.

"……."

영석의 뇌리로 오만 가지 생각이 침전한다.

가라앉고 또 가라앉은 여러 상념들을 재빠르게 훑는다.

그리고 내린 결론은 하나.

"안……."

"안 된다고?"

진희는 이번에도 귀신같이 영석의 생각을 앞서갔다.

영석의 눈이 황망함으로 물든다.

스윽―

진희가 몸을 일으켜 침대에 걸터앉았다.

거절에 대한 짜증과 분노 같은 감정은 느껴지지 않는다.

오히려 안도하고 있다는 느낌이 든다.

"알아, 네가 안 된다고 할 거란 걸."

진희의 한마디는 많은 것을 내포하고 있었다.

"…미안해."

영석이 괜히 말해본다.

"그런 소리 하면 열 받으니까 하지 마, 이 영감탱이야."

진희가 모진 소리를 하면서도 영석의 품을 파고든다.

그리고 작은 목소리로 속삭였다.

"그냥… 이렇게 있는 것만으로도 좋아."

"……"

영석은 말없이 진희의 등을 쓰다듬을 뿐이었다.

*　　　*　　　*

번쩍.

무엇에 놀라기라도 한 듯, 영석은 느닷없이 눈을 떴다.

스스로에게 부여한 의무가 자동으로 영석의 의식을 깨웠다.

몸의 피로와는 상관이 없는 일이었다.

'일곱 시……'

탁자 위에 놓인 시계를 보며 간밤의 일을 떠올린 영석이었다.

"하아… 어제 내가 또……."

괜한 변명으로 자신의 행동을 합리화해 보지만, 진희의 기분은 나빴을 수도 있다는 생각을 잠시간 해본 영석이다.

'똑똑' 하는 노크 소리가 들리고 방문을 열고 나타난 건 강춘수였다.

"식사하시고 나갈 준비 해주셔야겠습니다."

영석은 멍하니 강춘수를 바라봤다.

'점점 집사가 되고 있어……. 내가 과민한 건가?'

영석의 상념과 상관없이 하루는 시작됐다.


                    *          *          *


"허참……. 어이가 없어, 어이가."

박정훈이 물컵을 들어 벌컥벌컥 찬물을 마시더니 격하게 숨을 몰아쉬었다.

"……."

원형 탁자에 둘러앉은 영석과 진희, 강춘수, 강혜수 그리고 김서영 모두 박정훈의 입을 주시했다.

평소라면 시선 집중에 머쓱해할 박정훈이 분노에 눈이 멀어 능청을 떨지 못했다.

"일본에서 영석 선수와 진희 선수를 겨냥하고 있습니다."

박정훈의 말에 모두는 아무런 대꾸를 하지 못했다.

너무나 함축적이었기 때문이다.

그런 사실을 자신도 알았는지, 박정훈이 목을 가다듬고 다시 말했다.

"현재 세계 테니스에서 가장 두각을 보이는 아시아 국가는 일본입니다. 그건 누구도 부정할 수 없습니다. 우리나라 선수들이 몇 번 대일본전에서 승리를 거두긴 했지만, 투어에서의 활약은 일본에 비할 바가 아니었습니다. 태양과 반딧불의 차이 정도일까요."

미래를 알고 있는 영석 또한 공감할 수밖에 없었다.

'일본은 계속해서 남녀를 가리지 않고 잘하는 선수를 배출한다. 뭐, 그것도 중국의 '리나'가 등장하기 전의 얘기이지만. 니시코리도 리나에 비하면…….'

리나는 메이저 대회에서 두 번이나 우승컵을 들어 올린, 아시아에선 업적으로 맞불을 놓을 선수가 단 한 명도 없는 독보적인 선수다.

'2011년에 처음으로 메이저 우승했었나……. 진희가 그 전에 우승해야 할 텐데…….'

영석의 사고와 상관없이, 박정훈은 계속해서 침을 튀기며 말했다.

"예측? 예측이 아니라 그건 분석이었습니다. 브레이든턴 오픈에서 우승을 한 이후로, 일본에서는 영석 선수와 진희 선수의 모든 시합 영상을 체크했습니다. 그뿐 아닙니다. 플로리다의 아카데미에서 어떻게 빼냈는지, 영석 선수와 진희 선수의 영상 또한 구했다고 합니다."

박정훈이 씩씩거리며 말했지만, 영석은 별로 공감하지 못했다.

'할 수 있으면 그렇게 하는 게 낫지. 그걸 못 하는 게 한심한 일인데…….'

앞으로 고작 10여 년 후이지만, 영석은 첨단 IT의 시대에서 살았었다.

조금만 유명한 선수라면 6, 7살 때의 영상도 조금의 번거로움만 감수하면 구할 수 있는 세상에서 살았던 것이다. 딱히 불법적인 일도 아니었다.

'물론, 플로리다는 선수 본인이 동의를 해야 영상을 제공하는데, 난 동의한 적이 없지.'

"그리고 가장 중대한 사건이 일어난 겁니다."

"중대한 사건이요……?"

강춘수가 일행을 대표해 물었다.

박정훈이 침을 삼키며 말을 이었다.

"US 오픈 주니어가 바로 그것입니다. 남녀 결승전에서 한국인이 무려 셋이나 포진해 있게 되는, 한국 테니스 역사상 가장 희망적인 대회였죠."

영석은 눈을 빛냈다.

"그 대회 이후로 일본은 초조했을 겁니다. 분석을 통해 산출한 것들을 같은 주니어 선수들에게 대비시키기 시작한 겁니다. 그리고 Adidas International에 프로로 전향한 영석 선수와 진희 선수가 참가를 하게 되자, 더욱 급해졌습니다. 아직 프로로 전향하기엔 조금 이른 소에다 선수를 이 대회에 참가시켰고……."

박정훈의 말은 도가 지나쳤다.

조금은 허황된 음모론 같기도 했다.

'아니… 테니스가 뭐라고… 그런 소모적인 일을……'

"지금 일본의 10대 선수 풀은 역대 최고입니다. 하지만 영석 선수와 진희 선수는 그 모든 유망주들을 압도할 실력입니다. 두 분이 계속해서 장벽으로 작용할 것이 빤한 상황에서 아무 것도 하지 않는 게 이상할 일입니다."

"괜찮아요."

영석이 박정훈의 말을 끊었다.

호흡을 가다듬은 영석이 말을 이었다.

"설령 그렇다고 해도 이번처럼 저랑 진희는 잘 이겨 나갈 거고, 어찌 보면 연구를 당하거나 하는 것들은 일종의 훈장 같은 거죠. 그만큼 저희가 잘한다는 거니까요. 안 그래요?"

"……."

박정훈을 비롯해 모두가 꿀 먹은 벙어리가 됐다.

영석은 여유로웠다.

전생에서는 이 정도는 약과였다.

굳이 꺼림칙한 일본을 예로 들 필요조차 없다.

전 세계의 모든 휠체어 테니스 선수가 영석을 분석했으니 말이다.

"누구든 간에 선수로서 코트에서 붙게 된다면 아무런 문제 없습니다. 설마 '모니카 셀레스 피습 사건' 같은 일을 저지르겠어요? 누구나 하는 행동을 일본이 했다는 걸로 과열될 필요는 없다고 봅니다. 실력이 전부인 세상이니까요."

　　　　*　　　　*　　　　*

　영석의 호기로운 말은 분명 옳았다.

　하지만 말은 말, 훈련은 훈련이다.

　호주 오픈을 앞두고 영석과 진희는 세밀하게 폼을 가다듬을 필요가 있다는 판단을 했고, 그 문제의식을 모두가 공유하게 되면서, 훈련은 조금 더 세밀해졌다.

　'그런 걸 해야 해?'라고 생각할 수 있지만, 습관이란 것은 굉장히 무서운 것이다.

　유아 시절부터 그 종목을 해왔던 프로 선수들은 20년이 지나도 똑같은 폼을 유지하는 경우가 많다. 고칠 수 있을 때 고치는 게 현명한 것이다.

　이번 일도 그렇다. 만약 영석과 진희가 예측을 당했다면, 그건 영석과 진희의 문제인 것이다.

　특히 일본은 야구가 발달한 나라이다 보니 더더욱 분석을 용이하게 할 수 있었던 것이다.

　구종별로 투구 폼 하나하나를 읽는다거나, 견제구와 투구의 차이를 읽어내거나 하는 것들을 구분하는데, 테니스라고 못 할 건 없는 일이다.

　"우선은 테이크 백(라켓을 휘두르기 위해 팔을 뒤로 빼는 동작)에서 조금 차이가 납니다."

　"어떤 차이인가요?"

　무기로 써도 될 것 같은 까만 노트북에서 영상이 비교 분석

되고 있었다.

"포핸드의 경우엔⋯⋯."

딸칵.

구간 반복 재생 기능을 열심히 수작업으로 펼치는 강춘수가 놀라운 멀티태스킹 능력으로 설명까지 해줬다.

"보시는 바와 같이 크로스의 경우, 스트레이트에 비해 라켓 헤드가 조금 눕게 되는 경향이 있습니다. 그렇게 눈에 띄는 차이는 아니지만, 의식하고 있다면 높은 확률로 예측할 수 있습니다. 이건⋯⋯."

강춘수가 화면을 아래로 내리고 엑셀 파일을 열었다.

"시합에서 영석 선수가 보인 포핸드 스트로크를 분석한 것입니다. 제가 구할 수 있는 부분에서만 체크한 것이기 때문에 다소의 오차가 있을 수는 있습니다. 여길 보시면⋯⋯."

딸칵.

하나의 셀을 선택한 강춘수가 마우스를 아래로 드래그하며 쭉 내렸다.

"라켓 헤드가 '다소' 누운 상태에서 스트레이트를 친 빈도를 알아볼 수 있습니다. 퍼센트로 생각해 보면 15%입니다. 나머지 85%는 확실하게 크로스로 쳤었습니다."

"⋯⋯."

휙, 휙.

영석이 말을 잃고 손에 든 라켓을 허공에 휘둘렀다.

바람을 가르는 소리가 날카롭게 꽂혀 드는, 예리한 스윙이다.

'테이크 백이라……'

"후우……."

다시 강춘수에게 시선을 둔 영석이 다음 브리핑(?)을 재촉했다.

"다음은 백핸드입니다. 백핸드의 경우에는 테이크 백에서 차이를 발견하기 힘듭니다. 아주 세세하게 따지고 들자면 조금은 차이가 있겠지만, 그건 사람의 눈으로 확인할 수 없는 영역입니다. 하지만……."

딸칵.

영상을 두 개 띄운 강춘수가 다시금 구간 반복 재생을 수작업으로 처리했다.

"보시는 바와 같이 코스에 따라 어깨가 열리는 타이밍이 확연하게 다릅니다. 크로스의 경우에 더 빨리 열립니다. 어떻게 보면 포핸드보다 더 구별하기 쉽습니다."

"음……."

영석은 침음을 흘렸다.

강춘수는 기계적이고, 사무적인 어투로 설명을 이었다.

"포핸드보다 더욱 구분하기 쉽지만, 백핸드가 공략당하지 않은 이유는 공의 질이 높기 때문입니다. 그리고 백핸드는 좌우 코스뿐 아니라, 앞뒤의 간격 조절이 굉장히 세밀하게 이루어지기 때문에 더더욱 공략당하지 않았다는… 그런 추론을 할 수 있습니다."

물론, 코트 밖에서는 영석의 폼에서 차이를 느낄 수 없다.

또한 상대 선수라 해도 이제 갓 프로로 뛰어든 영석의 폼에서 위화감을 찾긴 힘들었다.

지적받을 일도, 공략당할 일도 없으니 차이는 조금씩 커졌던 것이다.

"플로리다에선 왜 체크를 못 했을까요?"

"여러 이유를 찾을 수 있습니다. 브레이든턴 오픈을 거쳐, US 오픈, 이번 Adidas International까지… 시합의 비중이 늘며 폼을 가다듬을 여유가 없었다는 점… 그리고 신체가 성장함에 따라 미세하게 타점과 거리 감각이 달라지면서 폼에도 미세한 변화가 축적됐을 가능성이 있습니다."

강춘수는 가능성이라고 언급했으나, 영석은 그의 말이 설득력 있다고 판단했다.

"이제부터 매일매일 체크해야겠군요."

"아직입니다. 지금부터는 그라운드 스트로크 외에, 서브를 살펴볼 겁니다."

강춘수는 내친김에 문제가 있다고 판단한 모든 부분을 설명하려는 듯했다.

눈 밑에 거뭇하게 자리 잡은 다크서클이 안색을 초췌해 보이게 만들었다.

서브는 테니스의 시작과 끝이다.

다른 치명적인 약점이 있더라도, 서브가 좋으면 일단 반은 먹고 들어가는 것이다.

포핸드 스트로크가 별로인 선수, 백핸드 스트로크가 별로인 선수, 발이 느린 선수 등……. 명명백백(明明白白)한 약점이 있는 선수 중엔 간혹 톱 랭커의 자리를 유지하는 경우가 있다.

하지만 서브가 별로인데 랭킹이 높은 선수는 없다.

'서브라……. 그래, 서브도 꽤 읽혔지.'

물론, 영석도 다른 선수와 시합을 할 때, 서브를 예측하거나 한다. 아니, 모든 선수가 그렇게 한다. 대략 20% 정도의 확률이 평균적인 예측 성공률이라고 하면, 영석은 육감과 재능으로 30%까지는 예측한다. 하지만 소에다는 영석과의 시합에서 50%에 가까운 예측 성공률을 보였다. 늘 그렇듯, 스포츠의 세계에선 미비한 차이로 여겨질 숫자라도 까고 보면 많은 차이를 이끌어낸다. 10~20%라는 숫자 또한 마찬가지다.

"대부분이 그렇지만, 영석 선수의 퍼스트 서브는 대개 플랫 서브입니다."

아무 말 않고 영석이 기다리자, 강춘수는 영상을 가리키며 설명을 이었다.

영상에선 영석이 서브를 하는 과정이 느릿하게 재생되고 있었다. 모두 세 번의 서브 영상이 끝났지만, 영석은 고개를 갸우뚱했다.

'이 정도로 읽힐 리는 없다.'

영석의 생각이 충분히 예상된다는 듯, 강춘수가 벌떡 일어나 공을 집어 들었다.

"토스할 때, 공이 이렇~ 게 올라가면 센터……."

휙!

강춘수가 공을 받고 다시 토스한다.

"이렇게 올리면 와이드. 마지막으로……."

휙!!

"이렇게 올리면 센터와 와이드 사이… 입니다."

"……."

강춘수의 설명에 영석은 식은땀을 흘렸다.

'정면에서 보면 조금 차이가 나는구나.'

얼핏 보면 똑같은 위치로 공을 세 번 던졌을 뿐이라고 생각하기 쉬웠다.

'10도? 아니… 15도? 조금 안 되겠는데……'

영석이 눈을 감고 자신의 토스를 상상했다.

거대한 각도기를 상상하여 토스의 위치를 비교하자 아주 미세한 차이가 났다.

"분석하는 건 그렇다 치고, 이걸 읽어낸 건 소에다 선수가 제법 역량이 있다는 거네요."

영석의 말에 강춘수가 고개를 끄덕였다.


"진희 선수는 예상만큼 폼에서 특이점을 찾지 못했습니다."

강혜수에게 언질을 받은 강춘수가 진희의 훈련을 물어보는 영석에게 보고했다.

"그러겠죠. 아마 읽어도 소용없을 겁니다."

영석이 고개를 끄덕이며 수긍했다.

같은 상황에서 영석보다 진희가 손쉽게 일본 선수를 물리친 이유가 있다.

바로 빼어난 터치 감각과 즉흥적인 성격이다.

판을 짜고 그대로 수행하는, 이를테면 완전한 승리를 추구하는 영석의 성향과 달리, 진희는 그때그때의 직감에 의존한다. 그리고 그 직감은 빼어난 터치 감각과 맞물려 '통계를 낼 수 없는' 상황을 만들어낸다.

무엇이 더 효율적인지는 우열을 가릴 수 없다.

어떤 것이든 마찬가지이지만, 스포츠는 개인의 성향이 크게 반영되는 분야이기 때문이다.

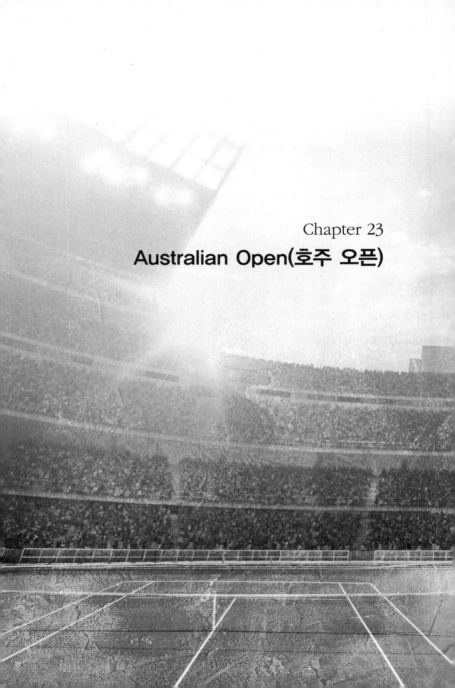

Chapter 23
# Australian Open(호주 오픈)

매일같이 이어지는 강도 높은 훈련, 진희와의 밀도 높은(?) 데이트 겸 산책… 하루하루를 헛되이 하지 않고 소중히 여기면, 시간은 자신의 가치를 높이려는 듯 더욱더 빨리 흐른다.

　그렇게 호주 오픈은 불청객처럼 불쑥 찾아왔다.

　"벌써……."

　진희와 함께 뒷좌석에 앉은 영석이 무심결에 중얼거렸다.

　운전을 하고 있는 강춘수와 강혜수는 성격상 영석의 말에 첨언(添言)을 하지 않았다.

　언제나 영석의 상대는 진희뿐이었다.

　"뭘 새삼스럽게 그래? 대회인 거 빤히 알고 있었잖아."

　"아무리 준비를 해도 큰일은 늘 초조함을 주게 마련이야."

Australian Open(호주 오픈)　193

영석이 시선을 멍하니 두고 답했다.

영석 평생에 걸쳐 보여주지 않았던 모습이 차 안의 모두를 당황하게 했다.

특히 진희는 그런 영석의 모습에 더욱더 당황했는지, 입을 열었지만 대화를 이어가지 못했다.

"흐음……. 뭐, 그래."

진희의 대수롭지 않아 보이는 태도는 영석의 생각처럼 진희의 멘탈이 '천재적'이어서가 아니다. 진희의 진정한 라이벌은 코트엔 없다. 진희의 마음 한구석을 차지하고 있는 영석, 그가 라이벌인 것이다. 동시에 그는 진희에게 거울 같은 존재였다.

그만큼 영석의 특이한 모습은 진희에게 낯설고, 무서웠다.

차 안에는 어쩐 일로 질식할 것 같은 침묵이 감돌고 있었다.

\*　　　　\*　　　　\*

"영석아!!"

"진희야~~"

박정훈 기자가 영석과 진희의 양친 모두를 데리고 왔다.

반가운 마음에 다가간 영석이 어른들의 무리에서 영애를 발견했다.

"이모… 바쁘실 텐데……."

"이번에까지 너희 경기 못 보면 나 앓아누워."

영애가 농으로 영석의 걱정을 날렸다.

그렇게 영석과 진희는 가족을 만남으로써 긴장감의 일부를 덜어낼 수 있었다.

*       *       *

"후읍."

'투수의 손에서 공이 떠나고 나서야 비로소 경기는 시작된 것이다'라는 말처럼, 테니스의 시작은 서브다.

펑!!

'할 만해.'

영석은 상대 선수의 서브를 보고 직감적으로 '원만하게 이길 수 있는 상대'라는 걸 느꼈다.

안 그런 선수도 있지만, 서브는 대략 그 선수의 역량을 나타내는 지표로 활용된다.

'와이드.'

토스한 공의 방향만으로 영석은 코스를 읽었다.

하지만 섣불리 움직이는 우를 범하진 않았다.

확신할 수 없을뿐더러, 영석의 신체는 월등하게 뛰어난 만큼 역동작에 걸리기 쉽기 때문이다.

신체가 뛰어난 경우엔, 이처럼 순간적인 반응에 의존하는 것도 좋은 방법이 될 수 있다.

'공이 내 앞에 도착하고 움직여도 늦지 않아.'

영석이 챙겨야 할 건 '의식'과 '계산'뿐이다.

휙!!

펑!!!

언뜻 성의 없어 보일 정도로 간결하게 휘두른 라켓이 공과 만나자 어마어마한 타구음을 냈다. 놀라운 것은 이 타구음을 낸 스트로크가 내내 약점으로 지적받았던 포핸드라는 것이다.

공을 치면서 시선을 끝까지 공에 두는 영석의 폼은 우아했다. 목 선, 라켓을 쥐지 않고 있는 오른손, 그리고 팔로스윙까지… 우아하고 느릿해 보였다.

하지만 결과는 아니었다.

쉬이익!

맹렬한 톱스핀을 머금고 날아간 공이 코트 바닥을 찍고 높이 솟아올랐다.

상대 선수는 뒤로 물러나서 치기보다 라이징 스트로크를 선택했다.

영석에게 시간을 주면 네트를 장악당한다는 것을 이미 알고 있다는 뜻이다.

"쿡……."

영석은 상대 선수의 반응에 내심 기뻤다. 분석당하기 시작한다는 사실이 기꺼운 것이다.

스트로크로 끌어가는 랠리전 또한 영석은 마다하지 않는다.

어떤 선수를 옆에 세워도 비교 우위를 점할 수 있을 만큼 우수한 백핸드가 있기 때문이다.

꽝!!

이것이 얇디얇은 거트(라켓 줄)에서 나는 소리인지 의심할 만큼의 타구음이 쩌렁쩌렁 울렸다.

아니, 이건 더 이상 타구음이라 할 수 없다. 대포 소리다. 모두의 청각을 저릿저릿 자극한 영석의 백핸드 스트로크가 작렬했다.

짓궂게도 공은 라인 위를 노리며 정확히 날아갔다.

'받겠지.'

영석은 그제야 네트를 향해 어프로치를 시작한다.

퉁!

빈약한 타구음과 함께 상대 선수가 받아낸 공은 사자 앞에선 토끼처럼 무력했다.

스팡!!

경쾌한 스매싱이 작렬했고, 예선 1회전은 끝났다.

*      *      *

"반갑습니다."

영석이 네트를 가운데 두고 상대 선수에게 악수를 청한다.

'이것 참… 공교롭군. 또 일본인이라니.'

이번에는 20대 후반 정도의, 제법 경험을 쌓은 것으로 보이는 선수였다.

'모르는 선수야. 소에다만큼의 재주가 없거나, 알려질 기회를 못 얻은 선수겠군.'

일본과 한국뿐 아니라, 몇몇 나라에선 이런 일이 많다.

실력과 상관없이 해외에서 활약을 안 하는 경우가 많은 것이다.

여러 요인들로 인한 것이지만, 대개는 '돈과 생활'이 문제일 경우가 많다.

부평초처럼 해외를 돌아다니는 것에 대한 부담감, 미비한 시스템 등… 이유는 차고 넘친다.

"반갑습니다."

눌러쓴 모자 그늘 아래로 살짝 내비치는 눈동자에 투지와 경쟁심이 가득하다.

'하하……'

영석은 내심 웃었다.

비웃는 것이 아닌 즐거워 비명을 지른 것이다.

영석은 소에다와 만나게 되면서 새로운 형태의 시합을 하게 됐다.

아니, 잊고 있던 감각을 다시 되찾았다.

끊임없이 분석하고 연구해서 쓰러뜨리고자 하는 누군가의 적의가 바로 그 감각이다.


\*　　　　\*　　　　\*


선후공을 정하는 동전 던지기에서 영석은 앞면을 골랐고, 서브권을 상대에게 먼저 넘겨줬다.

'괜찮아. 서브는 일전의 시합 때 이후로 조금씩 다듬고 있는 과정이다. 우선, 리턴으로 경기를 풀어나가자.'

부우우.

경기 시작을 알리는 부저가 울리고 상대는 곧장 서브를 시작했다.

스윽─ 펑!

몸을 꼬았다가 푼다거나, 팔꿈치를 기괴하게 비트는 동작이 없다.

신체 능력의 한계를 너무나 선연하게 자각해서일까, 상대의 서브는 밋밋했다. 아시아 선수의 단점 중 하나이다.

하지만 그만큼 동작이 빨랐기에 템포 또한 빨랐다.

쉬이익.

영석은 누구보다 훌륭한 서브를 특기로 삼는 선수인 로딕과도 대전을 해봤고, 사핀과도 연습 시합을 했다. 심지어 샘프라스의 서브를 직접 관전하기도 했다.

'조심할 필요가 없지.'

간결한 리턴으로 응수했다.

펑!

타다닥!

공의 타구음과 선두를 다투듯 경쾌한 스텝 소리가 들린다.

'여전히 빠르군. 읽히고 있다는 거야.'

상대는 이미 예측을 하고 영석의 공이 도달할 곳에 가 있다. 아마 테이크 백을 보고 라켓이 공을 때리기 전부터 움직이기 시작했을 것이다.

부족한 신체 능력을 커버하는 경이로운 분석력.

'하지만 행운은 소에다까지. 넌 아니다.'

악랄한(?) 미소를 머금은 영석이 힘차게 발을 디뎠다.


＊　　　＊　　　＊


박정훈은 음모론자(?)처럼 핏대를 세워 영석에게 면박을 당했지만, 그의 문제 제기는 영석에게 경각심을 심어주었다.

그리고 그 경각심은 게임이 일방적으로 진행되게끔 만들었다.

펑!!

펑!!

'사실은 폼은 수정하고 있지만… 이런 식으로 괴롭히는 것도 한 방법이지.'

평범한 랠리전.

마침 포핸드를 칠 준비를 끝낸 영석이 테이크 백한 라켓의 헤드를 미세하게 눕혔다.

움찔.

상대가 의식을 하는 것이 영석의 눈에 잡혔다.

일전의 정보대로 크로스를 예상하는 것이다. 절반이 넘는 의식을 크로스 코스에 두는 상대를 약 올리듯 영석은 스트레이트로 공을 뿌렸다.

펑!!!

"큭……."

이를 악문 상대 선수가 용케 역동작에 걸린 몸의 균형을 빠르게 되찾곤, 공을 쫓았다.

펑!

무려 호주 오픈의 예선.

이름 모를 선수지만 그 역시 프로였고, 영석의 공을 따라잡아 라켓을 휘둘렀다.

반응이 늦은 만큼, 빠르게 공을 잡아채서 역공을 취한 것이다.

"……!!!"

하지만 공의 도착 지점에는 영석이 미리 자리를 잡고 있었다.

씨익 웃은 영석이 가볍게 팔을 휘둘렀다.

툭.

힘없이 넘어간 공이 바닥을 또르르 구른다.

손목에 힘을 살짝 줘서 라켓을 꼿꼿하게 세운 후 면을 만들어 공에 역회전을 걸기만 한 것이다.

'분석을 안 해도… 완벽하게 예측할 수 있는 방법은 있지.'

영석이 씨익 웃었다.


"농락이군."

박정훈이 식은땀을 흘리며 경기를 관전했다.

영석은 상대가 인지하고 있는 정보를 교란시키는 것을 시도했다.

그리고 그 시도가 먹히자, 상대를 자신의 마음대로 움직이게

끔 만들었다.

알고 있는 정보대로 움직여도, 움직이지도 않아도 영석의 덫에 걸리게 된 꼴이다.

이리저리 뛰어다니는 상대가 불쌍할 지경이었다.

펑!!

영석은 정보를 토대로 전술을 짜지 않았다.

다만 '지금은 이 공을 칠 수밖에 없는' 상황을 만드는 것에 전념했다.

상대의 선택의 가짓수를 줄이는 것은 생각만큼 쉬운 일이 아니다.

하지만 영석에겐 수백 번의 경기 경험이 있다.

머릿속엔 공의 궤적이 녹색으로 어지럽게 남은, 도화지들 수천 장이 영석의 선택을 기다리고 있었다.

공이 맥없이 땅을 구르는 것처럼 상대도 구겨진 휴지처럼 초라하게 움직였다.

"게임 셋, 매치 원 바이……."

'으쌰!!'

심판의 선언과 함께 시합은 끝이 났고, 영석은 주먹을 움켜쥐었다.

코트 위에서는 일체의 잡념이 끼어들지 않는다. 아니, 모든 생각은 '승리'를 위해서만 쓰인다.

영석은 순수하게 승리의 기쁨을 맛봤다.

수천 번을 겪어도 결코 시들지 않는 승리의 쾌감은 너무나

중독성이 강한 마약이었다.

'이기는 건 늘 좋아. 늘 옳고 말이지.'

"수고했어요."

"수고하셨습니다."

네트에 달려와 악수를 나누는 영석의 표정이 밝다.

상대 선수와는 극명하게 대비가 됐다.

얼음장처럼 차가워진 창백한 얼굴, 깜빡이지 않는 눈… 상대는 지금 극도로 분노하고 있는 것이다.

"……."

잠시 동안 영석의 기광이 번뜩이는 눈을 새파랗게 차가운 눈으로 바라보던 상대는 획 하니 등을 돌려 경기장을 빠져나갔다.

필승의 의지를 품고 나온 경기에서 패배하는 것은 승리의 기쁨과 마찬가지로 아무리 겪어도 희석되지 않는 절대적인 고통이다. 상대는 무례한 것이 아니다. 졌음에도 실실 웃는다면, 그것이 무례한 것이다.

'이해… 하지.'

영석은 상념을 털어내고 관객들의 환호에 답해줬다.

관중석 맨 앞자리엔, 경기를 제대로 봤는지 의심스러운 영석의 부모님과 영애가 앉아 있었다.

모두 캠코더를 한쪽 눈에 대고서 말이다.

　　　　　*　　　　　*　　　　　*

　호주 오픈을 맞이하며 생겨 버린, 영석 자신도 컨트롤할 수 없는 마음의 빈틈은 여러 가지 요인들로 인해 서서히 채워지는 것처럼 보였다.

　부모님과 영애가 온 것도 이유가 될 수 있고, 자신을 돌아보며 폼을 가다듬거나 전략을 짜면서 상대를 통쾌하게 이긴 것도 한몫했다.

　시간이 지날수록 영석은 자신의 경기에만 집중했다. 집중하기 위해 집중하고, 그러기 위해 뇌리를 비웠다.

　그리고 고도의 집중은 예선전 무패(無敗)라는 즐거운 결과를 남겼다.

　"축하해."

　"이제 예선전인데요, 뭘."

　박정훈이 축하 인사를 건넸고, 부모님도 활짝 핀 꽃처럼 화사하게 웃으며 영석의 성장을 기꺼워했다. 늘 그렇듯, 경기 후엔 호화로운 식사 자리가 이어졌다.

　"…이렇게 부모님들이 와주셔서 얼마나 좋은지 몰라요."

　영석이 수분 가득한 음성으로 나직하게 말을 뱉었다.

　영석과 마찬가지로 본선에 무혈입성(無血入城)한 진희가 눈을 끔벅인다.

　평소의 느낌과는 다르다.

　진희는 차 안에서 영석이 보였던 낯설음이 스물스물 올라오는 걸 느꼈다.

"……."

모두가 침묵을 지키며 밥을 먹을 생각조차 못 하고 있지만, 영석의 의식은 식사 자리를 떠나 있었다.

기분이 좋은 듯 좋지 않았다.

경기를 이길 때의 기쁨과 별개로, 호주 오픈이라는 대회를 맞이하며 영석은 마음속에 일말의 표현 못 할 낯선 감정이 자리하고 있음을 인지했다.

'시합하고 싶기도, 하고 싶지 않기도 하네.'

전생에서 영석은 테니스계에서 꽤나 유명 인사였다.

특히 메이저 대회의 우승컵을 한두 번 들어 올렸을 때는 세계 톱 플레이어와 교분을 나누기도 했다. 장애인이든, 그렇지 않든… 선수들은 편견 없이 영석을 존중했었다. 그것이 즐거웠던 적도 있었다.

하지만 시간이 지날수록 영석은 커지는 열등감을 이겨낼 수 없었다.

그리고 스스로의 공고한 세계를 구축하고 외부와 자신을 격리했다. 못난 의식이었다.

'그때의 선수들과 앞으로 시합에서 만나겠지? 특히나 메이저는 더 자주 만날 거야.'

빨리 시합을 하고 싶다고 외치는 듯 다리가 흥분으로 떨리다가도 이상하게 마음이 축축한 빨랫감처럼 늘어졌다.

짝!!

그때였다.

청량한 손뼉 소리가 영석의 의식을 일깨웠다.

영석이 텅 빈 눈동자로 소리의 근원을 찾았다.

"어머니……."

너무나 곧아서 바라보기만 해도 뇌가 찔리는 것 같은 모친 한민지의 눈동자가 시리게 빛난다.

"밥 먹고 일찍 자. 피곤한가 보구나."

옆에 앉아 있던 부친 이현우가 조용히 중얼거리며 나이프와 포크를 놀리기 시작했다.

"아, 예… 응."

그제야 영석도 조금의 허기를 느끼며 음식을 먹기 시작했다.

*　　　*　　　*

찰칵, 찰칵, 찰칵—

셔터 소리가 겹치고 겹치어 영석과 진희의 귀를 괴롭혔다.

귀는 괴롭지만 입꼬리는 잔잔하게라도 올려야 한다. 굳이 정색할 필요가 없는 것이다.

테이블 여러 개를 길게 늘여 붙여 흰 보자기를 씌운 곳에 영석과 진희, 그리고 강춘수, 강혜수 남매가 앉아 있었다. 두 선수의 부모님은 멀찍이 떨어져 서 있었다.

합동 기자회견은 그렇게 급하게 마련되었다.

사회자 역할도 하기로 한 강춘수가 이영석과 김진희라는 선수의 이력을 읊는다. 참가했던 대회, 겨뤘던 선수들을 읊더니, 이번 Adidas International에선 설명이 길어졌다.

제법 달변을 펼치는 그 모습이 평소의 강춘수답지 않아 낯설다.

영석은 억지웃음을 유지하면서 흘깃 기자석을 봤다.

박정훈이 씨익 웃으며 눈을 마주했다. 영석의 뇌리로 지난 저녁 식사 때가 떠올랐다.


"저번에도 겪었겠지만, 우리가 말 안 한다고 해서 정보가 차단되는 건 아니야. 차단할 필요도 없고."

박정훈의 두서없는 말에 영석이 묻는다.

"무슨 말씀을 하고 싶으신 거예요?"

"…대회 준비에 방해될까 봐 얘기 안 했는데, 내일 기자회견이 잡혀 있어. 그것도 합동으로. KBS, SBS, MBC… 방송국은 물론이고, 주요 신문사들도 대거 호주에 와 있어."

"네? 우승한 것도 아니고, 이제 본선 시작인데요?"

영석이 화들짝 놀라며 물었다.

'설레발도 정도껏이지, 본선에 합동 기자회견씩이나…….'

물론 이런 내심은 꺼내지 못했다.

박정훈은 침을 튀기며 반박했다.

"테니스는 세계에서 축구 다음으로 대중적인 스포츠야. 하지만 변변한 테니스 선수 하나 없는 한국에선 '중년들의 공놀이'로 취급되는 게 현실이고. 그런데, 치열한 예선을 뚫고 무려

'메이저 대회' 본선에 진출한 한국인 선수가 있다. 그것도 성인도 아닌 10대 소년, 소녀가. 세상에! 주니어 부문도 아니고 일반 단식 부문에!! 이것에 과연 흥미를 가지지 않을 대한민국 국민이 있을까?"

영석은 침묵했다. 진희는 영석을 따랐다.

박정훈과 강씨 남매가 영석과 진희의 눈치를 살핀다. 부모님들은 가타부타 말이 없으셨다.

"…해야지."

역시나 침묵을 깨는 건 강단 있는 모친 한민지였다.

그녀는 또박또박 단호한 어조로 말을 이었다.

"선수는 모름지기 매스컴과 친숙해질 필요가 있어. 특히나 우리나란 더더욱 매스컴을 존중할 필요가 있지. 영웅을 만들고 싶어 하는 나라니까."

조금은 치우친 한민지의 말에 박정훈이 머리를 긁적이며 이어 말했다.

"어머님 말씀이 맞아. 축구 선수나 야구 선수들을 봐. 어마어마한 영향력을 행사하잖아. 우리나라에서 스포츠, 즉 무(武)의 영역은 점점 더 영향력이 커질 거야."

"알겠습니다. 저도 거리낌 없어요. 하면 할수록 좋은 거죠."

영석은 이런 일에 익숙한 편이다. 문제는 진희였다.

영석이 힐금 진희를 바라보자 진희가 미간을 찌푸린다.

"왜, 나라고 못 할 거 같아? 걱정하지 마."

"아니, 걱정한 건 아니고……"

그렇게 아이 둘이 옥신각신하는 걸 정다운 눈빛으로 바라본 박정훈이 헛기침을 하더니 설명을 한다.

　"첫째도 겸손, 둘째도 겸손, 마지막까지 겸손이야. 될 수 있으면 종결어미는 다, 나, 까로 끝내는 게 좋고. 군기(軍紀)… 라고 하면 참 비루하게 들리지만, 어쨌든 긴장하는 모습을 보이는 것도 좋아. 정 어려우면 '열심히 하겠습니다', '최선을 다하겠습니다'라고 답하면 돼."

　물을 한 모금 마신 박정훈이 다시 줄줄 읊는다.

　내심 이런 설명을 하는 자신의 모습이 신선하기도 하다.

　'보통 이런 건 운동 선배나 코치들이 가르치는 거지만……'

　"기자들도 악당이 아닌 이상, 민감하거나 자극적인 질문은 하지 않을 거야. 너희는 그런 질문이 나올 건덕지도 없고. 참, 그리고 이번 기자회견은 최소한 티비에서 3, 40초는 방영될 거야."

　움찔.

　영석과 진희는 방영이라는 말에 괜히 긴장했다.

　"어떡해… 나 밥 많이 먹었는데……. 내일 부은 얼굴로 나오면 큰일인데……."

　진희가 귀엽게 울상 짓자 모두 실소하며 진희를 다독였다.


　"예, 그럼 질문받겠습니다."

　강춘수의 말 한마디가 끝나자, 여기저기서 번쩍번쩍 손을 치켜든다.

그리고 과거를 노닐던 영석의 상념은 현재와 연결됐다.

이윽고, 강춘수의 지명을 받은 기자가 일어나 질문을 시작했다.

"조선일보 한정수 기자입니다……."

*　　　　*　　　　*

호주 오픈 본선이 시작됐다.

본선부터 시작하는 선수들, 예선전부터 치고 올라온 선수들이 각축을 벌이는 거대한 콜로세움이 완성됐다. 개중에는 영석도 익히 알고 있는 선수들의 이름들이 곳곳에 있었다. 그 이름들이 시야에 잡힐 때마다 영석의 눈가에 경련이 스쳐 지나갔다.

오스트레일리아 오픈(Australian Open) 또는 호주 오픈은 매년 1월에 개최되는 세계 4대 메이저 테니스 대회 중 하나이다. 즉, 2,000의 랭킹 포인트가 걸려 있는 것이다. 메이저 대회 중에서 연중 가장 일찍 열리며, 대회 장소는 빅토리아 주 멜버른에 있는 멜버른 파크이다.

메이저 대회는 다들 비슷한 관객 동원력을 가지고 있지만, 호주 오픈은 개중에서도 관객이 많기로 유명하다. 매년 수십만 명이 이 대회를 보기 위해 호주로 몰려드는 것이다.

"으아, 사람 되게 많아."

본격적인 대회는 시작하지 않았지만, 벌써부터 많은 관객들이 관광을 하며 한껏 기대감을 높이고 있었다.

진희는 많은 사람들을 보곤 어안이 벙벙해서 말을 잇지 못했다.

사람들 속에는 호리호리한 몸짓을 가진 사람들도 간혹 보였다.

긴장감을 온몸으로 내뿜으며 주변의 분위기에 저항해 보지만, 이내 압도적인 열기에 휩쓸려 갔다.

"아, 그나저나 이 더위는 정말……."

박정훈 기자가 손부채를 열심히 휘저어보지만, 괜한 움직임에 더욱더위에 지칠 뿐이었다.

호주 오픈이 열리는 시기는 여름 시즌 한가운데다.

지독한 폭염으로 악명이 높아서 선수 보호를 위해 경기 중에 기온 및 습도가 위험한 수준까지 상승하는 경우 '폭염 시 특별 규정(Extreme heat policy)'을 적용하기도 한다.

선수들에게 날씨조차 적인 것이다.

"박 기자님, 혹시 대진표 나왔나요?"

영석의 물음에 박정훈의 얼굴이 삽시간에 굳는다.

"아, 그러고 보니 영석 선수, 진희 선수 모두 1회전 참가로 상금을 받았겠네."

이 정도로 큰 대회다.

1회전에 올라온 것만 해도 인지도가 말도 못 하게 상승하는 건 물론이고, 상금 또한 꽤나 많이 나온다.

하지만 영석에겐 하등 중요한 문제가 아니다.

집요하고 서늘한 눈빛이 말을 돌리려는 박정훈의 심지를 꽉 움켜쥔다.

"…알았어. 사핀이야, 마라트 사핀(Marat Safin). 영석 선수의 1회전 상대."

"…사핀?"

영석은 심장이 덜컥 가라앉는 걸 느꼈다.

사핀은 Big4를 비롯해서 영석이 기억하는 수십 명의 선수들 중 역량이 열 손가락에 꼽히는 선수다. 영석과는 한 번의 연습 시합을 가졌던 선수로, 당시엔 영석이 못 당해내며 패배를 했다.

'벌써……?'

그런 압도적인 선수를 만난다는 생각이 들자, 영석은 근래에 자신을 괴롭히던 감정의 정체를 깨닫고야 말았다.

'불안… 한 건가?'

회귀를 한 후, 세계를 제패하겠다는 야심을 품고 선수로 살아갈 것을 다짐한 영석은, 못내 이 현실이 믿기지 않는다는 자그마한 의혹을 품고 있었다. 부모님과 얘기하고, 진희와 함께하며, 힘든 훈련도 했지만 이 모든 것이 실재(實在)하지 않을 수 있다는, 그런 불안함이다.

호주 오픈이라는 산이 덜커덕 앞에 자리하자 무의식에 살며시 자리 잡고 있던 불안은 거대한 동체를 나타내기 시작하며 영석의 의식 영역을 침범했고, 영석은 영문도 모른 채 우울에 빠져든 것이다.

'이기고, 우승한다.'

영석은 과연 훌륭한 정신적인 자질을 가지고 있다.

—잡념을 털어낼 수 없다면, 다시 눌러 담는다.

—결과를 도출하고, 다시 꺼내어 깨부순다.

명확한 알고리즘이 영석의 몸과 정신에 아로새겨진다.

"괜찮아?"

"헉!"

갑자기 시야에 진희의 얼굴이 거대하게 잡히자 영석은 경악을 하며 뒷걸음질 쳤다.

진희가 생긋 웃었다.

"왜 이리 심각해? 나까지 불안해지게. 나를 책. 임. 진. 다. 며."

풋.

박정훈과 김서영이 입을 가리고 새어 나오는 웃음을 참았다.

영석은 귀까지 벌개져서 어쩔 줄을 몰라 했다.

"뭐 해, 안 가고. 경기장 구경해야지~ 배도 고프다. 뭐라도 사줘."

그렇게 진희는 영석의 손을 끌고 수많은 인파 속으로 쏙 사라졌다.

박정훈은 가벼운 한숨을 쉬고 멀찍이서 따라다닐 작정을 했다.

"넌 들어가."

"선배님은요? 설마 따라가게요? 싫어하지 않을까요?"

더운 곳에서 둘이 고생하느니 한 명이라도 편하게 쉬었으면 좋겠다는 박정훈의 배려는 눈치 없는 후배의 날카로운 반문에 씹혔다.

"외국이야. 쟤들 아직 어리고. 혹시 모르니 따라는 다녀야지. 왜, 내가 몰래 찍어서 스캔들이라도 터뜨릴까 봐?"

가뜩이나 더운데 후배까지 설득하려니 짜증이 났던 박정훈의 어조가 절로 날카로워졌다.

김서영이 기죽지 않고 당당하게 답했다.

"그럼 같이 다녀요. 선배님이 쉬시든가요."

"…에휴, 말귀를 못 알아들으니 이길 수가 없다. 알았어, 따라와."

*        *        *

"여어~!!"

한참 진희와 인파 속에서 허우적대며 나름 기분 전환을 하고 있던 영석에게 거대한 그림자가 드리웠다. 그리고 한없이 가볍고 장난스러운 음색이 영석의 귓가를 파고든다.

"…사핀 선수."

"그새… 자란 것 같네."

아직도 영석이 올려다봐야 할 정도의 거구, 시원스러운 웃음이 잘 어울리는 미남, 여유로운 태도가 경박하게 느껴지지 않고 외려 무섭게 느껴지는 선수, '게으른 사자'라고 영석이 마음대로 별명을 붙인 사핀이 특유의 웃음을 지으며 말을 걸었다.

"곧 시합인데 안 쉬고 뭐 해요?"

마찬가지로 사핀과 안면이 있는 진희가 물었다.

사핀이 윙크를 하며 답했다.

"아가씨들 꾀러 돌아다니고 있지!"

빠직.

진희는 갑자기 들려온 소리에 불길함을 느꼈다.

언제였을까… 최영태와 이유리가 복식 내기를 할 때였을 거로 기억한다.

그때도 그랬지만 가끔 이런 빤한 도발에 걸리는 영석이 신기한 진희였다.

"…1회전 사, 상… 아니, 상대가… 누군지 아십니까?"

많이 분했는지 말까지 더듬는 영석이다.

사핀은 능청스레 답했다.

"누굴까? 애거시? 휴이트? 날반디안? 아니 아니, 페러였나?"

"……."

모두 영석이 아는 선수들이다.

사핀은 고개를 젓고는 어깨를 으쓱하며 말을 이었다.

"누군들 어때, 내가 이길 건데. 한 번이라도 지면 탈락인 세상이야. 누구와 붙어도 이길 자신을 가져야지. 안 그래?"

"…지당하신… 말씀입니다. 그렇죠. 그럼 다음에 뵙겠습니다."

영석이 분을 이기지 못하고 몸을 돌려 뛰듯이 걸어갔다.

"아, 영석아!! …다음에 봐요."

진희가 당황하며 사핀에게 인사를 하곤 영석을 쫓아갔다.

그런 둘의 뒷모습을 바라보는 사핀의 눈이 심유하게 가라앉았다. 냉철한 표정, 사냥을 준비하는 맹수의 기세다.

　　　　　*　　　　　*　　　　　*

'바보 같은······!!'

영석은 너무나 쉽게 화를 낸 자신이 우스웠다.

전생과 현생의 저울추를 넘나들며 깊고 깊은 우울의 늪에 빠졌던 자신이 바보 같아서 더더욱 화가 났다.

"왜 그렇게 화를 내? 저 양반 저러는 거 예전에도 봤으면서."

진희가 어느새 옆에 붙어 영석의 걸음을 늦추려 애썼다.

"후······."

진희의 목소리가 들리자 조금은 침착해진 영석이 말했다.

아니, 혼자 중얼거렸다.

"이길 거야. 이길 거. 이긴다. 이겨······."

"······."

진희가 눈을 질끈 감고 고개를 저었다.

대부분의 시합이 시작되기 전마다 각오를 다잡았던 영석의 모습이 진희의 기억에서 흘러나왔다.

'사실은··· 너도 불안한 거구나.'

Chapter 24
# VS Marat Safin

과연 메이저 대회였다.

예선과 달리 본선이 시작되자, 관중석의 절반 이상이 빼곡히 자리 잡고 있었다. 그 수만 어림잡아도 수천 명은 될 것이다.

영석은 관중석을 흘깃 살피곤 고개를 저었다.

'사핀⋯ 효과인가.'

2000년 US 오픈에서 우승컵을 든 사핀은 전국구, 아니, 전 세계적인 지명도를 얻게 되었다.

1회전임에도 관중이 절반 이상이나 몰려온 건 사핀의 지명도가 그만큼 크다는 얘기다.

'내 상대는 유명세 같은 게 아니다. 내 눈앞에 있는 저 사람이지.'

영석은 아쉬움을 털어내고 가볍게 몸을 풀기 시작했다.

휙! 휙!

한편, 짐짓 여유로운 태도로 관객들과 커뮤니케이션을 하던 사핀은 은근슬쩍 영석을 곁눈질했다. 그리고 가벼운 식은땀을 흘렸다.

'꼬마… 컨디션이 좋아 보이는군…….'

어지간한 안목이 있다면, 가벼운 스윙 한 번에서 얻어낼 수 있는 정보가 많다.

특히 컨디션 같은 것은 더 알아차리기 쉽다. 같은 선수이기에 알 수 있는 요소다.

그렇게 각자 시합이 시작되기 전 자신만의 방법으로 몸을 푼 그들은 눈빛을 차갑게 가라앉혔다.

맹수와 맹수가 서로를 사냥할 시간이 된 것이다.

＊　　　　＊　　　　＊

고작 한 번의 연습 시합이 전부였다.

하지만 사핀은 영석을 어렴풋이나마 파악했고, 영석 또한 전생에서 사핀의 시합 영상을 수도 없이 본 입장에서, 서로는 서로의 약점을 공략하는 것에 온 정신을 집중했다.

쾅!

영석의 점핑 서브를 기점으로 시합은 시작되었다.

기계처럼 원하는 순간 언제든 컨디션을 최고조로 끌어 올릴 수 있는 영석은 첫 서브이자 베스트 서브를 꽂아 넣었다.

틱.

사핀이 라켓을 뻗어봤지만, 공은 라켓을 살짝 스치며 속절없이 사핀을 지나쳤다.

"피프틴 러브(15 : 0)!"

영석은 반사적으로 전광판을 봤다.

그리고 희열이 차오르는 것을 느꼈다.

영석에게 하나의 벽으로 자리 잡은 숫자, 바로 200이 찍혀 있는 것이다.

〈200km/h〉

'좋아.'

마음속으로 환호성을 지른 영석은 얼굴에 티를 내지 않고 애드 코트로 이동했다.

사핀의 눈초리가 매서워지기 시작했다.

'아무리 째려봐도… 아직 당신의 상태는 최고가 아니겠지.'

연습 시합이 아닌 이상, 상대방이 제 컨디션을 못 찾는 이 순간을 영석은 놓칠 생각이 없다.

휘리릭! 쾅!!

펑!!

애드 코트에서의 서브.

왼손잡이인 영석은 애드 코트에서의 서브에서 각도를 더 내기 쉬웠다.

하지만 사핀의 눈을 벗어나진 못했다. 맹렬한 리턴이 막 착

지하려는 영석의 발을 노리고 레이저처럼 뻗어 왔다.

'쳇.'

조금은 부산스럽게 움직인 영석이 간신히 공을 걷어냈지만, 사핀은 벌써 네트 앞에 태연스레 서 있었다.

퉁!

가벼운 발리.

"피프틴 올(15 : 15)!"

심판의 콜이 끝나자 사핀은 홱 하니 몸을 돌려 베이스라인으로 걸어갔다.

그 단순한 몸짓이 코트를 순식간에 긴장감으로 물들였다.

짝짝…….

관중들도 단 두 포인트 만에 숨 막히는 공기를 조성한 선수들의 실력에 압도됐는지, 박수 소리가 간헐적으로 나올 뿐이었다.

'팔짝팔짝 뛰지 말라는 거지?'

영석은 다시 전광판을 쳐다봤다.

서브는 201km였다. 더욱 빨라졌지만 그뿐이다. 사핀에게는 통하지 않았다.

'숫자는 이제 신경 꺼야 되겠군.'

목을 까닥이며 근육의 긴장을 푼 영석이 시리게 웃었다.

바야흐로 전쟁의 시작인 것이다.

\* \* \*

"게임 이영석."

건조한 심판의 음성이 울려 퍼지고 영석과 사핀, 그리고 관중 모두는 침묵에 빠졌다.

흔한 포효 한 번 없이 각자의 서브 게임을 킵(Keep : 서브 권한을 가진 게임을 지키는 것)하다 보니 1세트 현재 5 : 5, 게임 듀스에 돌입하게 된 것이다.

'방심하지 않는구나.'

사핀은 평소와 다르게 전혀 방심하지 않았다.

느슨해 보여도 초일류는 초일류다. 큰 무대에선 그 진가가 여과 없이 드러났다.

영석은 그런 사핀의 진지함에 기분이 좋았다. 강한 상대와 싸우는 건 언제나 쾌락을 주었기 때문이다.

펑!!

사핀의 서브가 작렬했다.

신체의 하드웨어부터가 괴물급에 가까운 사핀의 서브는 비효율적인 서브 폼에도 불구하고 어마어마한 속력과 강함을 자랑했다.

쉬이익—

눈을 깜빡일 시간조차 허용하지 않는 속도.

그 굉장한 속도와 더불어 정밀한 컨트롤까지……. 결코 샘프라스나 로딕에 비할 바는 아니었지만, 사핀에겐 베스트 서브였다.

그는 진심이었다.

펑!!

영석은 가볍게 라켓을 휘둘러 리턴했다.

백핸드로 오는 이상, 200이 아닌 240㎞/h여도 영석은 받아낼 자신이 있다.

그 자신감이 묻어났을까, 리턴은 제법 좋은 코스로 들어갔다.

펑!!

듀스 코트에서 리턴했던 영석의 공은 직선으로 날카롭게 뻗어갔으나, 사핀은 어렵지 않게 질주해서 백핸드로 응수했다. 코스는 크로스, 영석은 포핸드로 응해야 했다.

퍼엉!

다시 직선 코스를 노렸다.

사핀의 백핸드는 영석의 백핸드와 비등한 수준, 그렇다면 백핸드에 못 미치는 포핸드를 노리는 건 당연지사다. 다시 사핀은 코트를 가로지르며 전력 질주 했다.

펑!

영석의 포핸드보단 완성도가 높은 사핀의 포핸드는 코스를 가리지 않았다. 다시 크로스를 선택하여 영석으로 하여금 백핸드를 치게 하는 것. 그 담대한 선택이 뜻하는 바는 명확했다.

─난 네 백핸드에 쫄지 않는다.

공에서 느껴지는 자신감에 인상을 찌푸린 영석이 눈빛을 빛내며 다리를 놀렸다.

타다다다닥.

끼이이익.

지면을 스치듯 달려간 영석의 속도는 놀라웠다.

사핀이 친 공이 도착하기도 전에 먼저 자리를 잡을 수 있을 정도로 빨랐다.

'셋… 둘… 하나!'

끼이이익.

달리던 영석은 오른발에 무게를 실었다.

자동차가 드리프트를 하듯, 마찰음이 크게 울렸다.

빡빡한 하드코트의 바닥이 비명을 질러대는 걸 무시한 영석은 적당한 타이밍을 잡았는지, 달려오던 힘을 이용해서 몸을 띄웠다.

'까불… 지…….'

공중에 뜬 상태에서 한껏 몸을 비튼다.

양손으로 잡은 라켓의 그립에서 뿌드득 소리가 난다.

"마!!!"

콱!!!

절정의 잭나이프, 전가의 보도(寶刀)가 뽑혔다.

"큭."

강력한 공은 크로스로 날아가기 시작했는데, 코스가 예사롭지 않았다.

서비스라인에 떨어지는, 짧지만 각도가 크게 벌어진 공이다.

사핀이 앞으로 달려오기 시작했지만, 공은 이미 지나간 후였다.

"와아아아!!"

곡예에 가까운 영석의 몸놀림과, 그 샷이 보여준 경이로움에 관객들이 모두 기립해서 박수를 쳤다. 영석은 주먹을 불끈 쥐고 자신을 다독였다. 뜨거운 안광이 폭발하듯 뿜어져 나와 사핀에게로 향한다. 한껏 기세를 담은 도발, 사핀은 담담하게 그 도발을 받아들였다.

*         *         *

테니스는 멘탈이 좌우하는 스포츠다.

프로의 실력은 모두 훌륭하기 때문에, 결과를 가른다면 그건 멘탈일 경우가 많다.

"후우······."

벤치에 앉아 가볍게 숨을 내쉰 영석은 수건으로 얼굴을 닦으며 음료를 홀짝였다.

7 : 5.

5 : 5에서 사핀의 서브 게임을 브레이크해서 6 : 5로 만든 영석은, 자신의 서브 게임을 킵하며 그대로 1세트를 마무리 지었다.

쾅!!

"······!!!"

갑자기 터진 굉음에 화들짝 놀란 영석이 마시던 음료를 뿜었다.

그리고 허둥지둥 소리의 근원지를 찾았다.

'···뭐야, 별거 아니었네.'

영석의 시선 끝에는 씩씩거리는 사핀이 앉아 있었다.

영석이 앉아 있는 벤치 바로 옆에 놓인 벤치에 앉은 사핀이 라켓을 거칠게 땅에 내려쳐서 생긴 소음이다.

얼마나 강하게 내려쳤는지, 튼튼한 라켓이 깡통처럼 찌부러져 버렸다.

웅성웅성.

관객들은 사핀을 가리키며 옆 사람과 말을 주고받았다.

피가 몰려 붉게 물들었던 사핀의 안색이 조금씩 하얘지기 시작했다.

분노가 조금은 사그라든 모양이다.

'저것도 재주야, 재주.'

사핀이 한 행동은 분노한 선수들이 가끔 보여주는 모습이었기에 어느 누구도 진심으로 놀라진 않았다. 어떤 선수는 자신의 머리가 깨질 때까지 라켓으로 머리를 치는 경우도 있다.

경기가 끝나고 너무나 분한 나머지 라켓을 줄톱으로 썰어버렸다는 믿지 못할 조코비치의 일화는 테니스 팬들 사이에서는 유명할 정도다.

무례한 행동이긴 하지만, '하면 안 되는' 행동은 아니었다.

그런 식으로 마인드 컨트롤하는 게 자신에게 맞는다면, 그렇게 해야 한다. 규정이야 어쨌든, 최소한 영석은 그렇게 생각했다.

순식간에 핏기가 조금 빠진 안색으로 돌아온 사핀은 태연자약하게 가방에서 새로운 라켓을 꺼냈다.

비닐 봉투로 싸여 있는 라켓은 볼 것도 없이 새 라켓이다.

슬쩍 본 가방 안에는 이런 새 라켓이 6자루 정도 있었다.

퉁퉁.

그런 사핀의 모습을 본 영석이 괜히 자신의 라켓을 들어 스트링을 손바닥으로 퉁겨댔다.

'괜찮은가⋯⋯?'

영석의 가방에도 새 라켓은 세 자루 있다.

줄이 끊어지거나, 혹은 사핀처럼 라켓을 부수는 경우를 대비해서 선수들은 시합 때마다 새 라켓을 몇 자루씩 들고 다닌다.

시중에서 판매되는 라켓들과 달리, 선수들의 라켓은 단 1㎎의 오차도 없이 완전하게 똑같은 상태로 지급된다. 심지어 스트링의 종류, 장력의 강도까지 모두 동일하다.

'아직은 괜찮군. 2세트 중간쯤 바꾸면 되겠어.'

손바닥으로 느껴지는 반탄력에 안심한 영석은 지그시 눈을 감고 온 정신을 몸을 회복하는 데에 쏟았다.

짧은 휴식 시간이지만, 긴 싸움을 대비하기 위해선 그야말로 1초의 시간도 낭비하면 안 되기 때문이다.

부우우.

시합 재개를 알리는 신호가 울리자 영석과 사핀은 벌떡 일어났다.

\*　　　　\*　　　　\*

'뭐, 뭐야⋯⋯.'

영석은 화들짝 놀랐다.

그리고 자신의 옆을 또르르 구르는 공을 일견하고, 고개를 들어 사핀을 멍하니 바라봤다.

창백할 정도로 희게 변한 사핀의 안색을 본 영석은 팔에 소름이 우수수 돋는 걸 느끼며 2세트 첫 포인트를 회상했다.

2세트의 첫 게임은 사핀의 서브였다.

쾅! 하는 충격적인 굉음과 함께 공은 영석에게 곧장 날아왔다.

하지만 이미 서로의 서브에 대해선 익숙해질 대로 익숙해진 상태라 영석은 자연스럽게 리턴했다. 그리고 고난은 시작됐다.

쾅!!

쉬이이익—

영석의 리턴을 본 사핀이 얼음처럼 차갑게 입꼬리를 비틀며 공을 후드려 깠다.

단 한 톨의 낭비도 느껴지지 않는, 순수하게 전력을 다한 스트로크가 작렬했다.

그 포악한 기세에 움찔한 영석은, 기계처럼 냉정하게 빈 곳으로 공을 돌려줬다.

너무나 강한 공이었기에 똑같이 힘을 줘서 받게 되면 컨트롤을 하기 힘들어지기 때문이다.

'받는 게 고작이야.'

그 이후에 사핀이 보인 샷은 충격을 넘어 공포였다.

두두두두.

깔끔한 스텝은 온데간데없이 사라지고, 육상 선수처럼 팔을 크게 휘저으며 공에 따라붙은 사핀은 몸을 멈추지 않고 우악스럽게 다시 공을 후드려 깠다.

거기엔 '테니스'라는 스포츠의 잔재를 찾아볼 수 없었다.

라켓을 손에 들었다뿐이지, 굉장히 전투적이었다.

꽝!!

테니스공으로는 만들어낼 수 없는, 기이한 굉음과 함께 공은 긴 궤적을 그리며 영석에게 짓쳐 들었다.

'전략도, 전술도 없는 거냐…….'

사핀의 괴이한 행동의 여파일까.

그 극단적인 야성(野性)에 영석은 한없이 냉정해지는 자신을 발견했다.

펑!

다시 빈 곳으로 찌른 영석은 유심히 사핀의 몸을 살폈다.

'이번에도 또……?'라는 의심을 가진 채 말이다.

두두두두.

사핀은 여지없이 막무가내로 달려들어 사냥감의 목을 물어뜯듯 공을 쳤다.

동체 시력이 탁월한 영석은 공이 찌그러지다 못해 터지기 일보 직전까지 몰리는 걸 확인했다.

'큭.'

운인지, 노린 것인지… 사핀의 이번 샷은 너무나 치명적인 코스로 들어갔다.

다리를 놀려 라켓을 갖다 대는 것엔 성공했지만, 공에 남은 힘이 워낙 거세서 영석이 받아낸 공은 네트를 넘지 못했다.

"우어어어!"

짐승 같은 포효를 내지른 사핀이 영석을 찌를 듯 바라봤다.

본능적이며 원초적이었고, 동시에 인간성이 다소 말소된 눈빛이었다.

*　　　*　　　*

"후욱… 후욱……."

거친 숨을 내뱉고 들이마시며 영석은 속눈썹에 맺힌 땀방울을 걷어냈다.

그러자 흐릿했던 시야가 선명해지며 거대한 사핀의 모습이 보였다.

2세트는 사핀의 광포함에 주도권을 내준 상태로 진행됐고, 결국 영석은 두 게임을 따낸 것에 그쳤다. 그리고 지금 5 : 2, 포티 피프틴(40 : 15), 즉 2세트의 세트포인트를 맞이한 영석은 절로 떨리는 몸을 차분하게 가라앉히기 위해 노력하는 한편, 서브를 준비하는 사핀을 바라봤다.

'저게… 인간이야?'

사핀은 사자가 얼룩말의 목을 물어뜯듯, 호랑이가 사냥감을 후려치듯 공을 대했다.

한 구 한 구에 살기가 담겨 있고, 필살(必殺)의 의지가 숨어 있었다.

거기엔 스포츠라면 온당 가져야 할 법칙(法則)도, 메커니즘도 없었다.

영석과 사핀 사이엔 네트가 있었지만, 영석은 진검을 들고 대치하는 것 같은 기분을 느꼈다.

'어떻게 저렇게 치는데 공이 넘어오지?'

하지만 공은 신기하게도 네트를 훌쩍훌쩍 잘도 넘어왔다.

영석은 자신이 그렇게 공을 다뤄본 적도, 그렇게 다루는 선수를 본 적도 없었다.

사핀이 보인 광포함이 타고난 신체의 보조를 받아 일반적으로 보일 수 없는 퍼포먼스를 구가하고 있다는 걸 영석은 알 도리가 없었다.

그리고 이제 10대 소년인 영석에게 1세트를 내주었다는 사실이 사핀을 궁지에 몰리게 했다는 것 또한 영석은 알 수 없었다.

영석의 시야에 들어온 사핀의 체구는 명백하게 시합 전보다 더 거대해졌다.

새하얗게 질린 얼굴과는 달리, 밖으로 드러난 팔다리는 굵고 질긴 근육들로 칭칭 휘감겨 있었다. 그리고 벌겋게 부어 있었다.

퉁퉁.

듀스 코트에서 서브를 준비하는 사핀은 일견 침착해 보였다.

하지만 그 모습조차 도약을 위해 잔뜩 웅크린 맹수를 떠오르게 했다.

훅.

토스를 하는 사핀의 얼굴이 순간 악마처럼 일그러졌다.

아니, 영석만 그렇게 본 것일 가능성이 크다. 그만큼 영석은 사핀의 기에 눌려 있었다.

휘릭! 쾅!!

대기를 가르는 소리와 함께 사핀의 서브가 작렬했다.

'2세트는 이대로 지겠지. …하지만 단 한 포인트도 쉽게 넘겨주진 않아!!!'

이를 앙다문 영석이 광선처럼 뻗어오는 공을 마주했다.


*　　　*　　　*


"후우……."

벤치에 털썩 주저앉은 영석은 떨리는 심장을 느끼며 눈을 감았다.

'어쩌지?'

7 : 5, 2 : 6, 4 : 6 으로 2, 3세트를 빼앗겨 영석이 패배 직전까지 몰린 상황. 승부의 행방은 4세트에 걸려 있다. 4세트를 갖고 오면 5세트에서 승리를 바라볼 수 있는 희망이 생긴다.

이대로 가다간 자신이 패할 거란 것은 명약관화(明若觀火)한 상황.

영석은 초조해졌다.

'내가 이렇게 위기 상황을 극복하지 못하는 인간이었나?'

습관과도 같은 자학은 그렇게 단순한 생각에서 오랜만에 고개를 들이밀었다.

'이럴 땐 어떻게 해야 하지?'

자학의 두 번째 패턴, 영석은 패배의 기억들을 끄집어냈다.

전생에선 2, 30번. 회귀 후엔 10번 내외.

연습 시합까지 포함한 패배 숫자다.

선명하게 떠오르는 건 역시 로딕이었다.

'하지만 그때는… 기껏해야 아카데미에서 열리는 토너먼트, 재롱잔치다.'

시합에 임할 때 가볍게 임한 적은 없지만, 사람인 이상 시합의 규모에 따라 다짐의 크기는 다르게 마련이다.

로딕을 제외하고자 했지만, 로딕 외엔 떠오르는 패배의 기억이 없다. 아니, 말끔하게 정리했다는 말이 맞다.

"……."

다음으론 모방.

영석은 왼손에 쥐어진 라켓을 물끄러미 바라봤다.

1세트가 끝나고 사핀이 보인 마인트 컨트롤 방법이 뇌리를 스친다.

'아서라. 내 스타일이 아냐.'

영석은 피식 웃고는 고민을 이었다.

전생에서의 자신은 너무나 압도적이었다.

일상생활에선 울분에 찬 장애인이었지만, 적어도 코드 위에서의 자신은 황제였고, 지배자였다.

회귀 후엔 어떤가. 또래와 비교할 수 없는 마음가짐이 그를 승승장구하게끔 했다. 패배는 가뭄에 콩 나듯 드물었다. 그리고 질 수밖에 없는 상황에서만 졌다.

'지금은 아니지. 몸도 자랐고… 사판과 나는 동등한 조건이다. 더 이상의 핑계는 있을 수 없어.'

자학이 계속해서 이어지자 손가락이 차갑게 식었다.

그리고 식은땀이 나기 시작했다.

'처음… 이구나. 이렇게 절망적인 상황은……'

자학의 끝은 인정(認定)이고 수긍(首肯)이다.

영석은 벼랑 끝에 내몰린 다음에야 비루하기 짝이 없는 스스로를 마주할 수 있었다.

부우우.

한없이 초조한 영석이지만 4세트의 시작을 알리는 부저는 울렸다.

"……"

시험 전날 벼락치기를 하다 도중에 잠든들 이렇게 초조할까.

영석은 아찔한 절망감에 사로잡혔다.

그때였다.

"힘내!!"

고요한 관중석에서 갑자기 터져 나온 또렷한 한국어가 영석의 귓가를 간질였다.

절절한 애정이 녹아 있는 음성, 수도 없이 들어 잊을 수 없는 음성, 어머니의 목소리다.

소리의 근원지로 고개를 돌린 영석의 눈에 부모님과 영애가 들어왔다.

셋은 기도를 하듯 모두 양손을 모으고 어쩔 줄 몰라 했다. 어린아이같이 간절한 모습이 화살처럼 날아와 영석에 가슴에 꽂힌다. 시리다.

"…하."

가벼운 한숨과 함께 영석은 불현듯 전생을 떠올렸다, 아니, 전생이 떠올랐다.

하루에 수천 번도 넘게 절망과 자학을 반복했던 그때, 영석을 정신 차리게 한 건 '밥 먹자'라는 모친의 부름이었다.

이번에도 영석은 자신의 안 좋은 상황과 생각… 모든 것이 사방으로 비산(飛散)하는 걸 느꼈다.

벌떡.

스스로도 깨닫지 못한 상태로 영석은 벤치를 박차고 차분하게 걸음을 옮겨 베이스라인을 향해 갔다.

저벅, 저벅…….

쿵쾅, 쿵! 쾅!

걸음에 맞춰 심장이 이전과는 다른 의미로 거칠고 크게 뛰었다. 거대한 혈류(血流)가 혈관을 세차게 때린다.

맥박이 귀 뒤에서 짐승처럼 날뛰었다.

척추의 신경 다발이 꼬챙이처럼 올올이 곤두섰다.

희열이 머릿속에서, 분노가 가슴속에서 요동쳤다.

까득.

이가 맹렬히 갈린다. 새하얘진 머릿속엔 일말의 잡념조차 사라졌다.

온 기백을 담아 영석은 사핀을 쏘아봤다.

'나도 널 죽인다.'

*     *     *

"크큭."

펑!!

냅다 달린 영석이 호리호리한 몸을 최대한 이용해 공을 인정 사정없이 쳤다.

초점이 흐릿한 눈동자엔 악의(惡意)가 가득했다.

펑!!

사핀 또한 여전히 원초적으로 공을 맞이했다.

혈전(血戰).

4세트는 처절했고, 암담했다.

눈에 보이지 않지만 두 선수의 옷이 피에 흠뻑 젖어 있다고 생각될 정도로 둘은 서로를 물고 뜯었다. 그리고 결국 영석은 4세트를 끝내 가져오며 시합을 5세트까지 끌고 왔다.

그리고 지금,

5세트만 무려 30분째 진행 중이었고, 스코어는 겨우 3 : 3이 었다.

가장 짧은 랠리라고 해봐야 2분이었다. 최소한 공이 열 번은 네트 이쪽저쪽을 왕복해야 포인트가 갈렸다.

한 포인트가 하나의 산을 넘는 까마득한 여정이다.

"후욱!!"

짐승처럼 광포한 사핀에 비해 영석이 우위에 있는 것, 그것은 한 줌의 이성이다.

툭.

네트로 바짝 다가선 사핀의 머리 위를 노리며 영석이 로브를 시도했다.

타다닥.

거대한 동체(動體)가 꿀렁거린다. 사핀은 영석이 로브를 치기도 전에 뒤를 향해 달렸다.

경이로운 예측이다.

공보다 낙하지점에 먼저 도달한 사핀이 입꼬리를 비틀어 올리며 몸 역시 비틀었다.

휘릭, 단순히 몸을 비트는 동작임에도 대기가 갈라졌다.

쾅!

통렬한 포핸드가 네트 앞에서 기다리고 있는 영석의 머리를 향해 쏘아진다.

'가랑이샷' 같은 재롱이 아니었다.

"훅."

가볍게 살짝 몸을 뒤로 띄운 영석이 차분하게 공을 바라봤다.

툭!

그리고 이어진 드롭 발리.

진희가 가끔 보이는 신기(神技)가 영석에 손에서 발현됐다.

"훅!!"

'이 괴물 같은 인간……'

네트 앞에 뚝 떨어진 공을 향해 사핀이 맹렬히 달려왔다.

그 속도가 영석과 비슷할 정도였다.

촤아아악!!

퉁!!

야구 선수의 슬라이딩처럼 몸을 앞으로 던진 사핀은 공을 걷어냈다.

그 와중에도 공은 영석의 머리보다 한참 위를 향해 솟았다. 넘어지면서 로브를 친 것이다.

타다닥—

영석 역시 장기인 발을 살려 낙하지점을 향해 달렸다.

사핀이 넘어지면서 친 공은 베이스라인까지 뻗진 못했다.

휘릭.

낙하지점에서 몸을 돌린 영석의 시야가 레이더처럼 사핀을 찾았다. 언제 일어났는지 사핀은 네트 앞에서 만반의 준비를 하고 있었다.

펑!!

마음먹고 때린 공은 코트의 가운데에 서 있던 사핀의 왼쪽 빈 곳으로 빠르게 치달았다.

완벽한 패싱샷.

쭈욱.

하지만 사핀은 팔을 쭉 뻗어 공을 받아냈다.

'긴 놈이 재빠르기까지 하다니… 반칙이야.'

잠시 앓는 소리를 낸 영석이 공을 향해 질주했다.

"이게 무슨 버추어 테니스(테니스 게임)도 아니고……."

한 시합에서 한 번 나올까 말까 한 진기명기를 계속해서 보여주는 두 선수를 보며 관중 한 명이 중얼거렸다.

*     *     *

"피프틴 올(15 : 15)!"

심판의 선언에 참았던 숨을 내쉰 영석이 힘없이 터벅터벅 걸음을 옮겼다.

그건 사핀도 마찬가지. 부풀었던 몸이 쪼그라든 사핀은 다리를 질질 끌며 리턴 준비를 했다.

"헉… 헉……."

진기명기는 시간이 지날수록 허우적거림이 전부인 진흙탕 싸움으로 변했다. 5세트가 시작한 지 한 시간 만에 드디어 게임 스코어는 5 : 5가 되었고, 듀스게임이 시작됐다. 각자의 서브 게임을 킵(Keep)하기 위해 있는 힘을 다 쥐어짜 내고 있었다.

두 선수가 각각 5게임씩 이겨 5 : 5가 되면 게임 듀스(Deuce)가 되어 어느 선수든 2게임을 연속해서 이겨야 승자가 된다. 어느 선수도 2게임을 연속으로 이기지 못하고 6 : 6이 된다면 심판이 타이브레이크를 선언한다. 그렇게 되면 0 : 0부터 타이브레이크 게임을 시작하게 되는데 7포인트를 먼저 얻는 쪽이

승자가 된다. 다만 이때도 듀스가 적용되어 2포인트 차이가 날 때까지 게임이 계속되는 것이다.

하지만 메이저 대회는 US 오픈(전미 오픈)을 제외하고 타이브레이크 룰을 적용하지 않는다. 미국인의 합리성이 돋보이는 부분이다.

"하악… 후욱, 하아……."

영석은 기어코 서브 게임을 킵해 스코어를 6 : 5로 만들었다.

이제 한 게임만 브레이크하면 1회전은 '그' 사핀에게 승리를 거두게 되는 것이다.

갖은 방법을 써서 막힌 숨을 몰아쉬려 하는 영석의 노력에도 산소는 계속해서 부족했다.

땀은 옷을 세 번 갈아입자 더 이상 흐르지 않았다. 갈증은 얼마나 심한지, 시야가 흐릿할 정도였다. 라켓은 이미 땅을 향해 축 늘어진 지 오래다. 영석의 몸을 움직이는 건, 반복된 훈련에 의한 습관의 힘이 크다.

사정은 사핀도 마찬가지다. 2세트부터 시작된 광기 어린 움직임은 5세트 후반에 들어서 온데간데없이 사라졌다.

이해 불가한 능력을 발휘한 대가인지, 사핀은 그때부터 걸어다니는 것이 전부였다.

퉁!

사핀의 서브가 날아왔다.

200㎞/h를 훌쩍 넘었던 서브가 고등학생 수준으로 변했다.

휙! 팡!

탁구공을 쳐도 이보단 나을, 영석의 힘없는 리턴이 이어졌다.

사핀은 쫓아가려는 생각조차 하지 못했다.

영석은 별로 기뻐하지도 않고 볼키즈가 던져준 공을 간신히 받아 서브를 준비했다.

우우우웅.

관중들이 숨도 쉬지 않고 집중을 하자 특유의 공명음이 울렸지만, 영석은 듣지 못했다. 자신이 듀스 코트에 섰는지, 애드 코트에 섰는지조차 구분이 안 되고 있는 상태였기 때문이다.

팡!!

선수란 위대하다. 실신 상태에 가까워도 서브를 할 때, 샷을 칠 때만큼은 폼에 흐트러짐이 없다.

서브를 친 영석도, 느릿하지만 곧게 뻗어 간 서브를 리턴하는 사핀도 그 점에서 위대한 선수라 할 수 있었다.

촤아아악!!

사핀이 리턴한 공이 네트에 박힌 채 힘껏 회전했다.

"게임 셋 매치……."

심판이 시합이 끝났음을 선언했고, 영석은 승리를 확인하고 그대로 무너져 내렸다.

Chapter 25
**첫 번째 시련**

"아악!!"

신음이 좁은 복도를 쩌렁쩌렁 울렸다.

"……."

그와 동시에 자리에 있던 사람들은 모두 숨을 들이켜며 긴장하기 시작했다.

신음의 주체는… 영석이었다. 대부분의 사람들이 영석과 10년 가까이 알고 지냈지만, 이런 낯선 경험은 처음이었고, 그 낯섦은 침묵을 자아냈다. 승리의 기쁨도 숨을 죽인 채 몸을 사렸다.

꾸욱, 꾹.

간이침대에 엎드린 영석과 그런 영석의 전신을 검사하는 영애는 긴장의 영역에서 한 발자국 비켜서 있었다. 영애가 영석의 오금 위, 허벅지 뒤를 눌러본다.

"어때?"

"…방금보단 안 아파요."

고통을 호소하는 가운데, 영석은 조금은 다른 생각을 하고 있었다.

'숨 쉬기도 힘들었는데, 고통엔 몸이 벌떡벌떡 들리는구나. 온 힘을 쏟지 않았던 거야. 쉽게 이길 수 있었을지도 몰랐던 일을……'

강박적인 엄격함은 이렇게 심각할 때도 적용됐다.

"…후우, 안 되겠어. 당장 병원에 가자."

영애가 모두가 흠칫 놀랄 선고를 내렸다.

"많이… 안 좋은 거예요?"

영석이 애써 침착을 유지하며 물었다.

"팔꿈치 쪽은 인대에 아주 조금의 염증을 보일 뿐이야. 어깨도 마찬가지고. 문제는 다리야."

"……!!!"

'다리'라는 단어를 듣자마자 영석은 숨이 턱 막혔다.

숨을 쉬려 노력해도 목구멍에 휴지를 박아 넣은 듯 공기가 통하지 않았다.

"흐… 꺽, 끅."

영석은 시야가 흐릿해짐과 동시에 흰자위를 드러내며 의식을 잃고 말았다.

"영석아!!!"

어른들은 모두 패닉에 빠졌고, 자신의 시합을 끝내고 온 진희는 떨리는 몸을 주체하지 못하고 주저앉았다. 오직 영애만이 침착함을 유지했다.

검지를 펴서 영석의 코 밑에 대보더니 이어서 목에도 손을 댔다.

"호흡, 심박 이상 없어. 다들 침착하시고… 구급차 불러줘요."

박정훈이 비호처럼 밖으로 뛰쳐나가 핸드폰 단말기에 대고 소리를 질러댔다.

*     *     *

번쩍!

영석은 아침에 기상할 때처럼 눈을 번쩍 뜨더니 몸을 일으키려 했다.

살아온 습관이다.

"윽……."

하지만 온몸이 호소하는 고통에 영석은 의지를 꺾으며 도로 누웠다.

'…병원… 인가…….'

하얗고 말끔한 인테리어가 눈에 들어오자 습관적으로 코를 자극하는 알싸한 '냄새'가 따라왔다. 기억 속에 너무 선명한 냄새, 실제로 나지 않는 그 냄새는 영석의 뇌에 남아 누워 있는 곳이 병원임을 쉬이 짐작하게끔 도왔다. 결코 유쾌하지 않은 기억이지만, 도리가 없다.

"다리!!!"

의식을 잃기 전, 영애의 진단이 떠오른 영석이 벌떡 일어났다.

육체가 아우성을 쳤지만, 영석은 이번엔 가볍게 무시했다. 영혼의 고통은 육체의 고통을 아득히 초월한다는 걸 알고 있기 때문이다.

쿡.

손가락으로 다리를 찔러보고, 꼬집어본다. 둔탁한 고통이 느껴지자 영석은 안도의 한숨을 쉬었다.

"정신 차렸어?"

초췌한 안색의 부모님이 병실 문을 열고 들어왔다.

"괜찮아요. 이모는요?"

"곧 올 거야."

아니나 다를까, 영애가 열려 있는 병실 문을 통해 저벅저벅 걸어왔다.

평상복의 영애이지만, 어느새 마음에 흰 가운을 두르고 있었다. 의사로서 영석을 대하겠다는 마음가짐이었다. 하지만 막상 환자복을 입고 빈약하게 웃는 영석을 보니 영애는 억장이 무너지는 심정이었다.

"너 자고 있을 때 검사 다 했다. 현우랑 민지한테도 다 말했고."

감정을 추스르려 노력할수록 바위처럼 단단한 어조가 입을 비집고 흘러나왔다. 짐짓 비장한 분위기가 조성됐다. 내심 안도

했던 영석은 영애의 태도에 놀랐지만, 침착한 어조로 물었다.

"어떤데요?"

"그래, 스스로의 상태에 대해 잘 이해하는 것도 선수의 덕목이니 말해줄게. 이번 시즌… 아니, 올해는 테니스 금지야."

말을 마친 영애는 영석의 눈치를 살폈다.

격렬한 반응이 나오진 않을까 염려한 것이다.

"어떤 상황인지 말씀해 주셔야 이해를 하죠."

"…양다리의 햄스트링 파열, 종아리 근육 파열, 발목 인대 손상, 왼발 엄지발가락 골절… 멀쩡한 건 무릎 하나구나."

영석은 눈을 질끈 감았다.

이현우와 한민지, 그리고 이영애는 모두 숨을 죽이고 영석을 살폈다.

10초 정도가 흘렀을까, 영석이 입을 열었다.

"파열이라고 해도 다 같은 파열이 아니잖아요."

"물론 그렇지."

영애는 고개를 끄덕였다.

"수술이 필요할 정도는 아니야."

"다행이네요, 재활로 될 거 같으니. 신경은 안 다쳤고요?"

침착한 영석의 말에 잠시 할 말을 잊은 영애가 간신히 답했다.

"응. 그건 확실해."

"후-우우……."

영석이 기나긴 한숨을 쉬며 사핀과의 시합을 떠올렸다.

뭐가 문제를 일으켰는지 복기(復棋)하는 것이다.

'아마도… 스톱&대시를 너무 반복해서… 그런 거겠지. 방향 전환도 잦았고. 내 다리를 과신한 건가……?'

고개를 내려 물끄러미 다리를 쳐다봤다.

짜증이 일어 분노가 폭발하려는 찰나,

"신체가 네 능력을 온전히 받아내지 못해서 그런 거야."

영애가 영석의 상념을 끊고 설명했다.

"평소에는 무의식적으로 신체가 버틸 수 있을 만큼의 범위 내에서만 움직였겠지. 하지만 이번 호주 오픈 1회전에선 네가 만들어놓은 한계를 무너뜨리고 움직인 거야."

영석이 쓰게 웃었다.

맞는 말이었기 때문이다.

"조금 쉬다가 한국 가자."

"한국이요?"

"내가 무슨 일이 있어도, 몇 명의 인원을 붙여서라도 다치기 전보다 더 좋은 상태로 만들어주마."

영애가 서슬 퍼런 기운을 뿜어내며 단호히 말했다.

영석이 절망할 시간조차 주지 않겠다는 듯, 확신에 찬 말투로 설득을 했다.

영애의 대담한 언행 저변에 깔린 그 섬세한 배려심을 캐치한 영석이 풀썩 웃으며 고개를 끄덕였다.

"아무렴요."

그리 심각한 부상도 아니다.

초상집 분위기를 계속 유지할 필요가 없다고 판단한 영석은 기운을 차렸다.

*　　　　*　　　　*

"⋯아이고, 진희야."

누워 있던 영석은 두 손을 모으고 소리 없이 걸어온 진희를 발견하고 앓는 소리를 했다.

얼마나 울었는지, 진희의 눈이 퉁퉁 부어 있었기 때문이다. 활발하고 장난기 넘치는 소녀는 완전하게 사라졌다.

"이겼어?"

"⋯응."

"잘했어."

"⋯⋯."

짧은 대화를 주고받자 질식할 것 같은 침묵이 병실을 잠식했다.

"⋯이리 와."

영석이 몸을 반쯤 일으켜 양팔을 벌렸다.

진희가 아기 새처럼 살며시 품에 안겼다. 잘게 떠는 몸이 영석의 마음을 뒤흔든다.

머리를 쓰다듬다 등을 쓰다듬어 주며 영석이 말했다.

"우리 착한 진희, 많이 울었어?"

품에서 진희가 꼼지락거리며 고개를 끄덕였다.

"⋯나도 한국 갈래."

영석은 진희의 말에 품에 있던 진희를 살며시 밀어내며 눈을 마주했다.

강렬한 안광이 진희의 동공을 휘저었다.

"안 돼."

단호한 영석의 어조에 금세 진희의 눈에 물이 차올랐다.

잠시 일렁이는 마음을 다잡은 영석이 재차 단호하게 말했다.

"프로는, 혼자서 살아갈 수 있어야 프로인 거야. 날 따라서 한국에 가면? 시합은? 랭킹은? 이미 맺은 계약은? 그리고 내가 기대하는 진희의 활약은? 다 어떻게 되지?"

"……."

진희는 영석의 다정한 호통에 여덟 살 때처럼 내성적이고 순박한 아이로 돌아갔다.

"…나 때문에 진희가 멈추면 난 더 슬퍼. 그러니까 그런 말 하지 마."

마침내 진희는 울음을 터뜨리고 말았다.

영석의 품에 고개를 파묻고 숨을 죽여 눈물을 쏟아냈다.

소리 없는 진희의 울음에 마음이 시큰해진 영석은 일그러진 자신의 얼굴을 숨기려는 듯 품에 안은 진희를 더욱 강하게 안았다.

진희를 달래주고, 감정을 조금 추스른 영석은 강춘수를 따로 불러 지시했다.

"진희 혼자 보내기에 너무나 염려됩니다. 혜수 씨도 여자고요. 아무래도 춘수 씨가 같이 따라가야 되겠습니다."

부드러운 어조이지만, 거절할 수 없는 명령에 강춘수는 끼고 있는 안경을 치켜 올렸다.

영석은 재차 말을 이었다.

"비록 두 대회를 춘수 씨와 함께했지만, 춘수 씨의 훌륭한 역량을 알기엔 충분한 시간이었습니다. 그래서 믿고 부탁드리는 겁니다. 춘수 씨, 혜수 씨와 함께 진희를 케어해 주었으면 좋겠습니다."

"…올해만 말이죠."

강춘수가 고개를 끄덕이며 말을 받자, 영석이 씨익 웃었다.

"감사합니다."

*　　　　*　　　　*

다친 와중에도 침착하게 상황을 정리한 영석은 귀국 준비를 시작했다.

길고 긴 재활의 시간을 조금이라도 단축하기 위해선, 하루라도 빨리 한국에 가야 했다.

"큭……."

유리 조각이 온 다리에 박혀 있다고 생각될 정도로 다리는 계속해서 고통을 호소했다.

'좋은 일이지. 아픈 걸 아예 모르면… 끔찍하니까.'

그렇게 긍정적으로 스스로를 격려한 영석이 몸을 일으키려 할 때였다.

끼릭.

"……."

익숙한 소리가 귀를 타고 들어와 뇌를 찔렀다.

덜컥.

간호사가 문을 열고 들어왔다.

익숙한 물체를 끌고.

'휠… 체어.'

영석은 얼어붙은 듯 몸을 **빳빳**하게 굳히고 날뛰는 심장 소리를 들었다.

동공이 한없이 벌어지며 초점을 흐리게 했다.

"뭡니까."

듣는 이의 심장을 얼어붙게 할 정도로 영석의 음성은 스산했다.

간호사의 뒤를 따라온 부모님과 영애의 눈에 파랑이 인다.

"휠체어죠."

영문을 모르는 간호사가 천진하게 답했다.

씨익.

양쪽의 입꼬리를 모두 끌어 올린 영석이 말했다.

누가 봐도 억지로 웃는 듯한 모습, 기괴한 표정이다.

"목발 줘요."

"…네?"

온몸이 덜덜 떨리는 걸 짓누른 채, 영석은 다시 말했다.

"목. 발. 달. 라. 고."

짐승이 으르렁거리듯 사나운 어조였지만, 가냘프게 떨리는 목소리가 어쩐지 듣는 이를 슬프게 했다. 영애가 뒤에서 다급하게 설득을 시작했다.

"…영석아, 다친 후에 계속해서 휠체어를 탔어야 하는 게 맞아. 원내에서야 화장실 왔다 갔다 하는 게 전부니, 목발을 짚어도 됐지만… 그러다가 팔꿈치나 어깨에……."

"쥐요, 목발."

영석이 영애의 말을 끊고 사납게 말했다. 평생을 통틀어 처음으로 무례를 저지른 셈이지만, 영애를 비롯해서 부모님 모두 영석이 왜 이러는지 짐작을 했기에, 아무 말도 하지 못했다.

"……."

자신의 전생을 아는 어른들의 표정을 본 영석은 휠체어를 한 번, 어른들을 한 번 번갈아 보더니 고개를 젖혀 길게 숨을 내뿜었다.

"후우……."

중간에 끼어 어쩔 줄 몰라 하는 간호사에게 절뚝이며 다가간 영석이 휠체어를 거칠게 낚아챘다. 신기하게도 온몸에 고통한 자락 남아 있지 않았다.

휘익, 쿵.

공깃돌처럼 휠체어가 공중을 날아 영석의 앞에 놓였다.

호리호리한 영석이 보인 믿지 못할 힘에 놀란 간호사가 한 걸음 물러났다.

"……."

병원에서 쓰는 휠체어가 그렇듯, 평범했다.

툭.

오른손을 들어 휠체어 손잡이에 얹었다. 플라스틱의 딱딱한 감촉이 전해져 온다.

까드득.

플라스틱이 우그러지기 시작했다.

뚝. 뚝.

주먹을 쥐고 있던 왼손에서 어느새 피가 뚝뚝 떨어지고 있었다.

얼마나 강하게 쥐고 있었는지, 손이 이질적으로 새하얗다.

"……."

기묘한 침묵이 2분여 동안 흘렀다.

병실 안의 풍경이 사진처럼 변화가 없었다.

"하아."

영석이 한숨과 함께 천천히 몸을 움직여 휠체어에 앉았다.

익숙함과 고통스러움이 척추를 타고 올라 뒷목을 세차게 두들겨 댔다.

끼릭, 스르르르.

롤스로이스가 움직인들 이렇게 부드러울까.

이족 보행을 하는 것보다 유려하고 부드러운 움직임을 보인 휠체어가 스르륵 뱀처럼 병실을 빠져나갔다.

"…흑."

한민지가 참았던 숨을 내쉬며 흐느꼈다. 이현우가 그런 한민지의 어깨를 감싸 안았다.

이영애는 세수하듯 얼굴을 감싸 쥐었다.

"……."

연극 같은 현실에 놀란 간호사는 눈을 또르르 굴릴 뿐이었다.


"손 왜 그래?"

야외에 대기하고 있는 차의 뒷좌석에 앉아 있던 진희가 붕대
로 칭칭 감긴 영석의 왼손을 보며 호들갑을 떨었다.

"일어나다가 넘어져서… 조금 긁혔어. 아, 이겼어?"

"웅! 이제 3회전이야!"

힘없이 웃은 영석이 진희의 어깨에 풀썩 머리를 기댔다.

"편지도 하고… 이메일도 보내고… 매일매일 전화도 하자, 진
희야……."

너무나 나지막해서 귀를 기울이지 않으면 들을 수도 없을 정
도로 영석의 목소리는 작았다.

"……."

띄엄띄엄 들어 맥락을 파악한 진희가 왼팔을 들어 영석의 머
리를 쓰다듬었다.

"당연하지. 하루라도 빼먹었다간 봐. 다 때려치우고 한국 갈
거니깐."

그 귀여운 협박에 영석이 피식 웃었다.

찰과상에 모래를 뿌린 듯 타 들어가던 가슴이 진희의 말과
손길에 조금 진정됐다.

                    *            *            *

"……."

모두가 안대를 쓰고 몸을 한껏 뒤로 젖혀 잠에 빠져들던 시간,
영석은 자그마한 창밖을 향해 멍한 시선을 던지며 침묵에 빠져
들었다.

'지루하구나……'

아주 어릴 때부터 플로리다를 오가며 비행기를 타왔지만, 이
렇게 짜증 나고 울적한 비행은 회귀 이후로 처음이었다.

언제나 비행 때마다 책 한 권씩 읽던 영석의 손아귀에는 아
니나 다를까 『위대한 개츠비』라는 책이 들려 있었지만, 책갈피
는 꼽혀 있지 않았다. 읽지 않았기 때문이다.


"참 멀구나……. 영석아, 괜찮니?"

인천국제공항.

십수 시간의 비행에 익숙해지려야 익숙해질 수 없는 어른들
은 모두 굳은 관절을 자극하기 시작했다.

끼릭—

무릎 위에 자신의 테니스 가방을 올려놓은 영석은 여전히
스케이트 선수 같은 움직임을 휠체어로 선보이며 일행의 뒤를
따랐다.

"저, 영석 군……. 혹시 말이야……."

그 능숙한 모습에 박정훈이 조용히 말을 걸어왔지만, 그는 계속해서 말을 이을 수가 없었다.

영석의 눈과 표정이 깊고 어두웠기 때문이다.

"……"

"바로 병원으로 가자. 내가 다 불안해지네."

영애의 말에 일행은 모두 고개를 끄덕였다.

"아, 박 기자님. 박 기자님 일정은 어떻게 돼요?"

영석이 꽉 막혀 있던 입을 드디어 열고 질문했다.

오는 내내 단 한 마디도 하지 않던 영석의 목소리는 여러 갈래로 나뉘어 끓는 소리를 냈지만, 본인은 신경 쓰지 않았다.

"글쎄… 회사에 들러서 기사 정리하고, 밑의 애들이 취재 다녀온 거 검토하고… 잡지사 편집장이 할 일이야 뻔하지."

"김서영 인턴 기자는 계속 진희 따라다니고요?"

"응, 본인도 그러고 싶어 했으니 아마 올해는 계속 따라다닐걸?"

박정훈은 영석이 왜 이런 질문을 하고 있는지 알고 있었다.

강춘수까지 진희 쪽에 보낸 결단을 봤기 때문이다.

"걱정 마. 우리 회사에서도 총력을 다해 진희 선수 서포트할 거니까. 현재 해외에서 활동하는 선수는 이제 두셋밖에 없어. 아참! 혹시 내가 했던 말 기억해?"

"…어떤 말이요?"

영석이 묻자 박정훈이 골똘히 생각에 잠겼다.

"Adidas International 때 말했었나? 2002년에 아시안게임이

열려. 부산에서."

"…아, 그러고 보니 말씀하신 것도 같네요."

어느새 영석과 박정훈 곁으로 부모님과 영애가 모였다.

주목받게 된 박정훈이 목을 가다듬고 말했다.

"지금이 2001년… 거기에 연초니까 2002년 10월에 열리는 부산.아시안게임에는 참가할 수 있지 않을까? 그러니 기죽지 말고 힘내서 재활했으면 좋겠네. 누가 뭐라 해도 영석 선수는 한국의 희망이니까."

'한국의 희망' 운운하는 박정훈의 얼굴이 붉게 물들었다. 활자로는 수백 번도 더 쓴 말이지만, 말로 하자니 낯간지러웠기 때문이다. 영석이 피식 웃고는 물었다.

"대표에 선발되겠어요? 대학 선수나 실업 선수도 아니고, 따로 인맥이 있는 것도 아닌데… 군 입대 앞둔 선배들도 목숨을 걸고 대표 되려고 할 거고……. 이렇게 다쳤고요."

영석의 말이 이어지는 동안 박정훈이 못 들을 말을 듣는다는 듯 얼굴을 일그러뜨렸다.

"2000년 US 오픈 우승자를 호주 오픈 1회전에서 탈락시킨 선수가 대표가 안 되면 누가 돼? 사뛴이야, 사뛴! 이기기는커녕 한 세트도 못 딸 실업 선수가 부지기수야. 거기에, 어? US 오픈 주니어 우승, ATP250 우승, 퓨처스 우승… 네 번 참가해서 세 번을 우승했어. 국내 최고의 기대주인 이재림 선수를 철저하게 이겼고."

박정훈이 열 올리며 설명했다. 그 기대와 호감에 조금은 마음을 다스리게 된 영석이 빙긋 웃었다.

"고마워요. 박 기자님의 말씀을 들으니 재활 의지가 엄청 생기네요."

영석은 나름 빙긋 웃었지만, 받아들이는 어른들은 그 웃음이 처연하게 느껴졌다.

박정훈이 서둘러 말했다.

"평생 한 번 나오기 힘든 뉴스에, 그것도 공중파 9시 뉴스에 몇 번 나왔으니 국민들도 '이영석 선수가 대단하구나'라는 건 알고 있을 거야. 만약 협회 노땅들이 헛짓거리 하는 순간 내가 가만두지 않을 테니 걱정… 아……"

영석의 뒤편으로 장승같이 서 있는 이현우와 한민지를 본 박정훈이 머쓱하게 웃었다.

'불법'이니 '뇌물'이니 하는 끔찍한 죄악들은 이현우와 한민지의 눈을 벗어나지 못할 걸 알기에 머쓱했던 것이다.

"다 떠나서, 대표 선발전에서 다 이기면 그만이죠. 안 그래요?"

영석이 상큼하게 상황을 마무리하는 한마디를 했다.

*　　　　*　　　　*

"…천이 찢어지는 것처럼 '지지직' 찢어지는 거야, 근육이."

흰 가운을 멋들어지게 걸친 영애는 다시 영석의 온몸을 조사했다.

자신의 일터로 돌아와서일까, 더욱 믿음직스러웠다.

"다행스럽게도, 봉합술 같은 수술요법까진 갈 필요 없다고 봐. 일단 4주 정도… 투약, 주사 치료를 하면서 경과를 지켜볼 거야. 그 후엔 재활 치료를 하면서 경과를 지켜보자. 깁스를 한 상태로 시간을 보내는 것도 좋은 방법인데, 집하고 거리도 가까우니 매일 와서 진료받자."

영애는 가볍게 말했지만, 받아들이는 영석은 달랐다.

다친 부위가 다리다. 전생에서도 부상이라곤 가벼운 엘보 증상만 겪었던 영석에겐 나름 충격이 큰 사건이다.

'고작 몇 시간 뛰어다녔다고 사람 몸의 근육이 어떻게 쭉쭉 찢어지지……? 쥐포야?'

한숨이 절로 나왔다. 그래도 아주 심각하지는 않다는 확진을 받아 조금은 안심이 되었다.

영애는 내친김에 다 말하려는 듯 따박따박 조리 있게 설명했다.

"문제는 조금 더 복잡해. …이 선생 들어오라고 해요."

영애가 말을 하다 말고 수화기를 들어 지시하자, 5분도 안 되어 건장한 남자가 문을 열고 들어왔다. 가운을 입지 않아 푸른색 상하의가 촌스러움을 뽐냈지만, 단단하게 자리 잡은 근육들이 촌스러움을 상쇄했다.

"소개할게. 한국 최고의 물리치료사, 이창진 선생이야. 국가대표든, 아마추어든… 많은 스포츠 선수들이 의지하는 우수한 선생이야."

"안녕하세요, 이창진입니다. 이영석 선수죠? 뵙게 돼서 영광입니다."

영애의 칭찬에 잠시 쑥스러운 기색을 보인 이창진이 악수를 청했다.

보통 사람들과 다르게 맨바닥에 한쪽 무릎을 굽혀 시선을 영석과 같은 높이에 두고 정중하게 손을 건네는 이창진의 모습에 영석이 내심 놀랐다. 휠체어를 탄 사람들을 다루는 것에 익숙하다는 방증이다.

"…반갑습니다."

이창진은 바위같이 굳건한 눈빛으로 영석을 대했다.

신기하게도 신뢰감이 빠르게 형성됐다.

영애가 부드럽게 웃고 다시 영석의 치료 얘기로 논점을 돌렸다.

"아까 설명한 건 햄스트링에 한정해서야. 다친 부위는 더 있어. 종아리, 발목, 발가락… 허리도 조금 다쳤네. 대부분이 피로가 덧쌓이면서 손상을 일으키거나 염증이 나는 거니, 치료하긴 그리 어렵지 않아. 문제는 이게 동시다발적으로 발생했다는 거지. 재활 치료가 시작되면 마냥 쉽지만은 않을 거야."

이창진이 영애의 말을 받아 설명을 이었다.

자신의 전문 분야라 그런지, 자신감이 넘쳤다.

"맞습니다. 인간의 하반신, 허리부터 발끝까지는 모두 상호 연관성을 가집니다. 한 부위의 부상은 필연적으로 다른 부위에 영향을 끼치게 마련이죠. 지금 이영석 선수의 경우엔, 햄스트링과 종아리의 부상이 멀쩡한 무릎에까지 영향을 줄 수 있어요. 게다가 허리 근육까지 손상됐고요. 조금 과장하자면, 자면서 뒤척이다가도 언제든 나빠질 수 있는 환경이라는 겁니다."

잠시 말을 끊은 이창진이 이영애의 눈치를 살폈다.

계속해서 설명을 해도 괜찮냐는 무언의 질문.

영애는 고개를 끄덕였다.

"지금까지 이영석 선수는 눈을 떠서 눈을 감을 때까지의 하루를 온전히 테니스에 쏟았을 겁니다. 그러니 어린 나이에도 그렇게 대단한 업적을 쌓은 것일 거고요. 단, 지금부터는 모든 정신을 재활에 쏟아야 합니다. 초조해하지 않을 것, 길게 보는 시야를 가질 것. 이 두 개가 최우선입니다. 어릴 때 다친 부위는 습관적으로 계속 다치게 되는 수가 있으니, 한번 치료할 때 제대로 하는 게 좋습니다. 절대 혼자 스트레칭하면 안 되고요. 전문가들하고 같이 몸을 다루는 것에 귀찮음을 느끼지 않아야 합니다."

이창진의 말은 영석의 의지를 돋우는 것에 집중됐다.

"네, 앞으로 잘 부탁드립니다, 이 선생님."

"네. 저도 잘 부탁드립니다."

그렇게 영석의 일정이 잡혔다.

영애는 정리되는 분위기에서 마지막으로 주의 사항을 덧붙였다.

"스포츠 선수에게 괴로운 건 재활 치료가 아니야. '지루함과 초조함'이 선수의 가장 큰 적이지. 부상당하면 자신을 제외하고 모두가 앞으로 쭉쭉 나아가는 것 같거든. 절로 조급함이 생

거 무리하게 되고, 또 다치게 되고…… 한 달이 될지 두 달이
될지… 반년이 될지 기약 없는 기다림에 정신적으로 내몰리게
돼. 영석이 너는… 그러지 않았으면 좋겠다. 아, 그리고 1주일
정도는 입원해 있는 게 좋을 거 같구나. 그래도 되겠지?"

＊　　　＊　　　＊

"영석아!!!"

병원 밖에는 최영태와 이유리가 초조한 기색으로 영석을 기
다리고 있었다.

이유리가 조금 볼록해진 배를 감싼 상태로 천천히 걸어와
영석의 앞에 서서 영석의 어깨에 손을 얹었다.

"…괜찮아?"

"코치님……. 괜찮아요. 어디 부러진 것도 아닌데요, 뭘."

영석의 말은 어느새 다가온 최영태가 받았다.

"어디야."

"햄스트링, 허리, 발목, 발가락… 이라네요."

"……"

영석의 말을 들은 최영태의 안색이 침중함으로 물들었다.

"훈련이 너무 무리였었나……."

"무슨 말씀이세요."

자조적으로 중얼거리는 최영태의 말에 깜짝 놀란 영석이 말
했다.

"코치님 훈련 방식이 옳다는 건 누구나가 다 인정하는 거예요. 저랑 진희 모두 벌써 우승도 했잖아요. 오죽했으면 TAOF에서도 커리큘럼의 하나로 삼으려 했겠어요. 괜한 걱정 마세요."

영석이 답을 해도 최영태의 안색은 퍼질 줄을 몰랐다.

난생처음 프로로 키운 제자. 휠체어를 타고 있는 모습을 보니 억장이 무너지는 심정이었다.

"그래, 재활 치료 받게 되는 거냐?"

"4주 후부터요."

둘의 대화를 위해 이유리는 어느새 영석의 부모님에게 안부를 물으며 소소한 잡담을 시작했다. 오직 최영태만 심각했다.

"통원?"

"1주일은 입원하고, 그다음부터는 통원하려고요. 바로 앞이잖아요."

"……."

짧은 침묵이 지나가고, 최영태가 결론을 내렸다.

"나랑 같이 병원 다니자. 내 눈으로 봐야겠다. 몇 시?"

"아니… 그러실 필요는……."

"몇 시에 가는데."

반론은 허용하지 않겠다는 최영태의 의지에 영석이 두 손을 들었다.

"아침 8시에 가려고요. 아니, 바로 앞인데……."

"알았다. 아침에 오마. 다음 주부터 가면 되겠지?"

완벽한 일방통행에 영석은 고개를 젓고는 답했다.

'레슨은 어떻게 하고요……', '유리 코치님 임신 중인데……'라는 말들이 목구멍까지 치고 올라왔지만 이내 포기했다.

'반쯤은 유리 코치님의 의견이겠지.'

*       *       *

환자복으로 환복을 하고 병원밥을 먹은 영석은 침대에 누워 천장을 멍하니 바라보았다. 그러다가 몸을 살짝 옆으로 돌렸다.

"윽……."

허리에서 움찔하며 근육에 힘이 들어가자 다리 전체가 저릿저릿해지며 근육통이 일시에 찾아들었다. 4, 5초 정도를 고통의 격랑(激浪) 속에서 보낸 영석은 덩그러니 놓인 휠체어를 물끄러미 바라봤다.

"또 만났구나… 재수 없는 자식."

형광등의 빛을 받아 번쩍이는 휠체어는 묵묵부답이었다.

Chapter 26
**과거와의 조우**

5주가 흘렀다.

　치료 경과가 좋았고, 영애는 재활 치료를 시작해도 되겠다는 진단을 내렸다.

　"4주 지켜보고, 2, 3주는 추가로 지켜보려고 했는데… 회복이 빠르구나……."

　"누구 말씀인데, 잘 지켜야죠."

　능청을 떠는 영석이었지만, 사실 의사가 시키는 대로 생활을 하기란 참으로 지난하다.

　하지만 영석은 영애의 지시대로 입원 1주, 통원 4주의 기간을 잘 지내왔다. 빨리 나아야 한다는 마음으로 인내심을 발휘한 것이다.

"이 선생 따라가면 될 거야."

"네."


한국대학병원 재활의학과 재활 병동.

대학병원 중 최초로 '재활의학과'를 신설하여 '역시 한국대학!'이라는 칭송을 받는 한국대학답게, 시설이 훌륭했다.

'대단해……'

영석은 입구에 우두커니 서서 눈에 들어오는 풍경에 순수한 감탄을 내뱉었다.

"내가 다니던 병원하곤 비교가 안 되네."

뒤에서 최영태가 중얼거렸다.

얼마 전의 말이 허언이 아니었는지, 아침부터 영석의 빌라 주차장에서 기다린 최영태는 영석의 수발을 들었다.

"…플로리다 같네요."

영석의 평가처럼, 재활 병동은 환자에게 물리치료사가 일대일로 붙어 다양한 기구를 쓰게 하는 모습이었다. 어지간한 규모의 헬스장은 비교도 안 되는 시설과 환경이었다.

"영석 선수~! 이리로 오셔요. 아, 보호자분은 밖에서 대기해 주세요."

이창진이 손을 흔들며 영석을 향해 다가왔다.

여전히 산뜻하고 신뢰가 가는 사람이다.

"치료 열심히 받아라."

최영태는 그렇게 말하고 재활치료실 전경을 한눈에 볼 수 있는 밖으로 나갔다. 밖에는 안을 볼 수 있게끔 통유리로 벽을 만들어서 보호자들이 재활 과정을 확인할 수 있게끔 되어 있다.

"네."

*          *          *

과연 영애와 이창진의 엄포는 과장이 아니었다.

정말 사소한 동작, 이를테면 앉아서 다리를 펴는 것, 누워서 다리를 드는 것, 허리를 푸는 것 등을 오랜 시간에 걸쳐 하게 됐는데, 쓸모없이 아프고, 쓸모없이 오래 걸렸다.

조금이지만, 찢어졌던 근육을 정상으로 되돌리는 건 보통일이 아니었다. 1㎜ 단위로 공의 타점을 조율하듯, 굉장히 미세한 조정을 통한 강도로 몸을 움직여야 하는 것이다.

"잠시 쉬었다 할까요?"

군소리 없이 치료를 받은 영석의 옆에서 치료를 도운 이창진이 입을 열었다. 영석은 고개를 끄덕이고는 휠체어를 타고 밖으로 나갔다. 며칠 탔다고 기분이 그리 나쁘진 않았다.

"어, 끝났어? 이리 와. 음료수 사놨다."

최영태가 무심하게 말하며 하고 있던 일에 집중했다.

두꺼운 의학 서적이 펼쳐져 있었고, 노트는 낙서인지 필기인지 알아먹지 못할 글씨로 가득했다.

"잠깐 쉬는 거예요. 이게 다 뭐예요?"

이온 음료를 한 모금 마시면서 영석이 물었다.

"…물리치료사 공부. 자격증은 못 따도 알아두고는 있으려고."

최영태가 순순히 답했다.

영석은 놀랐는지 컥컥거리며 목을 가다듬었다.

"아니, 갑자기 무슨 물리치료사요?"

"갑자기가 아니야. 너희 미국 보내고, 유리랑 나랑 공부하려고 계획했었다. 사람 몸이 어떻게 생겨먹었는지 알아야 훈련 과정을 더 구체화할 수 있으니까. 뭐, 내친김에 스포츠 마사지 같은 것도 배워두려 한다."

"…그래요?"

끄덕.

답하기도 귀찮았는지 최영태는 고개를 끄덕이기만 하고 다시 책에 집중했다.

사각사각.

"…열심히 하세요."

영석은 조용히 응원의 말을 남기는 것으로 놀라움을 대신하곤, 다시 치료실 안으로 들어왔다.


*          *          *


"오늘은 여기까지입니다. 수고하셨습니다~!"

이창진이 일과의 끝을 알렸다.

땀으로 흠뻑 젖은 영석의 몰골은 꽤나 초췌했다.

힘들기도 했지만, 고통을 참느라 온몸의 힘을 쏟아내었다.

그건 이창진도 마찬가지였다. 옆에서 말로만 떠드는 게 아닌, 하나하나의 모든 동작을 옆에서 보조해야 하기 때문이다.

푸른색 상하의가 푹 절어 맨몸의 윤곽이 드러날 정도로 땀이 난 이창진을 물끄러미 본 영석이 진심을 담아 고개를 숙였다.

"선생님도 수고하셨습니다, 감사합니다."

"뭘요. 내일 또 봬요!"

이창진이 휠체어를 밀어 영석을 최영태에게 인계했다.

"코치님, 끝났어요. 씻고 올게요."

"…고생했다."

최영태는 전공 서적을 덮고는 짐을 챙겨 영석의 휠체어를 밀어주었다. 바퀴를 놀려 혼자 잘 가는 모습을 보기도 했지만, 사람 마음이 그렇지 않았다.

\*            \*            \*

"어땠어?"

영애가 산뜻한 어조로 물었다. 피곤으로 범벅된 얼굴과는 상반된다.

전공인 흉부외과 외에도 구급의학과의 일까지 도맡아 하고 있는 실정이다 보니 삽시간에 사람이 피폐해졌다.

"이모, 수술 있지 않았어요? 괜찮아요? 전 그냥 가도……."

촉망받는 외과의답게, 영애의 수술 일정은 빡빡하다. 사실 이렇게 영석을 진찰할 필요는 없지만, 영애는 고집을 부렸다.

"괜찮으니까 이리 와."

영애는 영석의 다리 이곳저곳을 만지면서 중얼거렸다.

"이럴 줄 알았으면 정형외과 전공할 걸 그랬어……."

"……."

영석이 그 말에 영애의 진료실을 한번 훑었다.

부교수라 그런지, 진료실은 제법 넓었다. 단정하고 깔끔한 구조는 영애의 성격을 대변하는 것 같았다.

책상에는 스포츠의학, 재활의학 책이 널브러져 있었다.

잠시 그곳에 시선이 머문 영석은 떨리는 마음을 지울 수 없었다.

'…고마워요.'

영애의 마음을 헤아린 영석이 속으로 읊조렸다.

이런 사소한(?) 부상에도 주변의 모두가 합심을 해서 보살펴 주니 황송할 지경이었다.

*    *    *

시간이 흘렀다.

영석에 대한 주변의 염려와 배려는 더욱더 커졌다.

영석은 녹화해 놓은 뉴스를 다시 한 번 재생했다.

"안녕하십니까, KBS 스포츠 뉴스 안윤성입니다. 첫 번째 소식입니다. 2000년 US 오픈 주니어에서 우승을 하며 기대를 모았던 유망주 이영석 선수의 소식입니다."

앵커의 옆으로 네모난 박스가 생기며 우승컵을 든 영석의 환한 모습이 비춰졌다. US 오픈 주니어 단식 부문에서 우승했을 당시의 사진이다.

"이영석 선수는 2001년 시드니에서 열린 Adidas International에서 우승을 하며 '한국 최연소 ATP250 우승'이라는 업적을 달성하며 이어진 호주 오픈에 참가하게 됐었는데요, 예선을 통과하고 1회전에서 2000년 US 오픈 단식 우승자 Marat Safin과의 시합이 예정되어 초미의 관심을 불러일으켰습니다."

앵커의 말이 끝나자 사핀과의 시합 장면이 일부 나왔다. 베스트 포인트 하나, 그리고 타이브레이크 장면이 이어 나왔다.

온몸을 축 늘어뜨리고 다리를 절며 움직이는 두 명의 선수가 비쳤다. 누가 봐도 절절하고 절박한 움직임이다.

"…4시간 가까이 걸린 혈투에서 이영석 선수는 Marat Safin을 물리치는 쾌거를 이룩했는데요, 시합 후에 다리 통증을 호소하여……"

삑.

덩그러니 집에 혼자 남은 영석은 전원 버튼을 눌렀다.

뉴스의 여파일까.

한국대학교의 체육교육학과 교수를 비롯해, 안면이 있던 사람들이 연락을 해왔고, 이재림은 아예 직접 찾아왔다.

"고등학교는 어때? 할 만해?"

영석이 집까지 찾아온 이재림을 맞이하며 물었다.

급작스럽게 찾아온 것에 꽤나 놀랐지만, 싫지 않았다.

"그럭저럭. 네 말 듣고 공 치다 보니 조금 자주 지게 되더라."

'지지 않기 위한 테니스는 그만둬'라며 영석이 진지하게 충고한 것을 이재림은 받아들였다.

정신적인 부분에서의 전환은 육체적인 변화가 선행되어야하는 법. 이재림은 그에 대한 방법론도 물었고, 영석은 자세한 설명과 함께 최영태 코치를 소개했다. 학교에 적을 둔 이재림이지만, 아예 과외 선생으로 최영태를 모셔서 다른 훈련을 진행하게 됐다.

'그러고 보니 키도 훌쩍 컸군. 역시 애들은 성장이 빨라.'

본인도 애면서 이재림의 성장에 놀란 영석이 속마음을 감추고 입을 열었다.

"그래? 어떤데? 어떤 부분 때문에 지는 거 같아?"

영석이 조금 심각하게 받아들이자, 이재림이 씨익 웃었다.

"그래도 큰 시합에서는 현재 승률 100%야. 벌써 학교 대표 자리는 따놨지!!"

자신감 넘치는 이재림의 반응에 영석은 고개를 끄덕였다.

천부적인 소질에 있어서 이재림 또한 탈아시아급인 선수다. 샷의 정교함, 시합의 판을 읽는 시야와 두뇌까지… 계기만 있다면 얼마든지 잘할 수 있는 선수다.

"잘됐네. 나중에 시합 한번 해야겠군."

영석의 말에 이재림이 미소를 싹 지우고 물었다.

"괜찮은 거지? 금방 낫는 거지?"

짐짓 심각해 보이는 이재림의 말에 영석이 너털웃음을 지었다.

"대단한 부상도 아닌데 뭘. 긴장하고 있어. 곧 네 100% 승률을 깎아먹을 테니까."

"말이나 못하면……. 나 간다. 다음에 또 보자."

이재림이 몸을 일으키며 말했다.

"그래, 다음에 보자."

＊　　　＊　　　＊

"수고하셨습니다!"

여느 때와 같이 재활 치료를 받고, 최영태가 밀어주는 휠체어에 앉아 영석은 병원을 나서고 있었다. 이제 겨우 재활 시작이다. 지루하거나 짜증이 난다거나 하는 부정적인 요소는 의외로 없었다. 다만, 가시적인 차도 또한 느낄 수 없다는 게 문제다. 힘들기도 하고 말이다.

삐뽀삐뽀.

주차장에 구급차 한 대가 빠르게 진입했다.

"비켜주세요~!!"

연락을 받았는지, 병원에서 가운을 걸친 의사들이 소리치며 달려왔다. 느닷없는 긴급 상황에 주변의 모든 사람이 집중을 하며 하고 있던 것을 멈췄다.

덜컥.

구급차의 뒷문이 열리며 구급대원들이 간이침대를 꺼냈다.

알싸한 알코올 냄새가 사방으로 번졌다. 구급대원들의 소맷
자락과 옷 여기저기엔 벌건 핏물이 물들어 있었다.

영석은 그 광경을 보자 까닭 없이 심장이 두근거리는 것을
느꼈다. 필요 이상의 긴장감이 전신을 치달았다.

"……"

보지 말라며 영석의 눈을 가릴 심산이었던 최영태는 의사에
게 인계되는 환자를 보고 얼어붙었다.

"아이네요……"

영석이 조그맣게 중얼거렸다.

떨리는 목소리, 마르는 입술. 기분 나쁜 예감이 머릿속에서
경종을 친다.

익숙할 수 없는 느낌, 아니, 익숙하기 싫은 느낌이다.

'진희 때랑 같아……'

피로 물든 담요를 전신에 두른 아이의 몸은 크지 않았다.

기껏해야 초등학생, 중학생 수준?

산소호흡기를 달고 괴로운 표정을 지은 채로 의식을 잃은 아
이의 전신을 본 영석은 크게 충격을 받았다.

'다리… 다리가……'

담요 위에 잡히는 윤곽이 오른쪽과 달리 왼쪽은 없었다.

담요 아래로 삐져나온 발은 오른발뿐이었다.

마침 구급차에 근접한 의사 한 명이 조심스럽게 담요를 걷어
냈다.

"크윽……."

왼쪽 다리는 없는 것이 아니었다.

잘릴 듯 말 듯 덜렁거리는 상태로 기괴하게 꺾여 있었다. 허연 뼈가 시리게 영석의 시야를 파고들었다. 허벅지에 강하게 묶은 천이 출혈을 막고 있었다.

"……."

"……."

이송하는 과정에서도 피가 모자랐는지, 수혈 팩 몇 개가 대롱대롱 매달려 있었다. 간이침대 주변으로 빈 수혈 팩이 널브러져 있었다.

"비켜요!!!"

"아이 상태는?"

십수 명의 인원이 아이를 둘러싸며 달렸다.

"혈압, 바이탈 모두 긴급입니다. 교통사고 환자입니다! 추돌 사고로 운전석에 앉은 부친은 사망, 조수석에 앉은 아이는 구겨진 차체가 좌측 다리에 박혀 있었습니다!"

"미친……."

의사 한 명이 나직이 분노를 터뜨렸다.

그리고 계속해서 구급대원과 의사는 상황에 대해 얘기를 하며 질주했다.

"교통사고……."

소란이 삽시간에 사라지고, 덩그러니 주차장에 남은 최영태와 영석은 갑작스럽게 스쳐 지나간 절박한 상황에 아무런 말을 하지 못했다.

'……'

영석의 뇌리에는 끊임없이 경종이 울려 퍼지고 있었다.

왜 그런지 이유를 알 수 없는 영석은 묵묵히 앉아 있을 뿐이었다.

＊　　　＊　　　＊

일전의 구급 상황은 영석에게 상흔(傷痕)을 남겼다.

아니, 이미 존재하고 있는 상처를 자극하는 촉매가 되었다.

영석과 최영태는 집에 올 때까지 침묵을 고수한 상태로 말을 나누지 못했다.

그리고 그날은 어김없이 악몽을 꿨다.

끼이이익, 퍽!

헝겊 터지는 소리와 함께 훨훨 날아간 진희, 엎어져 있는 자신의 허리를 멋지게 그어버린 뒷바퀴…….

분명히 의식은 거기에서 끊겼지만, 장면은 계속해서 재생된다. 구급차가 달려오고, 세월에 찌들어 주홍빛을 잃어가는 구급복을 입은 구급대원이 조심스레 자신의 몸을 옮긴다.

있을 리 없는 장면이 멋대로 창조된다.

그때도 도착 지점은 한국대학병원이었을 거다.

영애가 가슴팍을 쥐어뜯으며 무너져 내린다. 부모님의 눈에서 총기가 빠져나가고, 생명의 촛대가 심지만 남기고 꺼져 버렸다. 살아가는 것 자체가 지옥, 걸어 다니는 시체와 다름없는 생활이 쭉 이어진다.

　—무엇을 하며 살 것인가.

　영석에게 남은 마지막 질문이다.

　악몽은 다시 현실을 있는 그대로 재현했다.

　'무엇'인가를 하기 위해 공부도 하고 글도 쓰고, 그림도 그리고 노래도 부른다.

　십자수를 하고, 요리를 하며 봉사 활동도 한다.

　하지만 무리였다.

　세상에 났기 때문에 살아가는 것이 아닌, 살아가기 위한 '무엇'을 찾아야만 하는 영석에겐, 모든 것이 무의미했다.

　그럴 때 알게 된 '장애인 스포츠'는 생활에 활력을 줬다.

　처음으로 접한 것은 휠체어 농구.

　몸을 부대끼며 땀을 쏟아내는 쾌감에 빠져들 무렵, 걱정 하나가 영석의 마음속에 똬리를 틀었다. 수준이 점점 높아지면서 생긴 고민이다.

　부상.

　신체의 손상.

　부상을 입는 것도, 입히는 것도 무서웠다.

　선천적으로 발군의 운동신경을 가진 영석은 가해자가 될 확률이 높았다.

　타고난 승부욕 또한 크다는 걸 본인 스스로 알았기 때문에 더욱더 걱정이 컸다.

―여기서 또 다치면 얼마나 비참할까.

휠체어끼리 충돌하는 충격은 만만한 게 아니었다.

다리를 움직일 수 있었으면, 당장에라도 벌떡 일어나 도망갈 정도로 말이다.

그럴 때 생각난 종목이 있었다.

테니스.

부모님 따라 몇 번 가본 게 전부이지만, 테니스는 최소한 '부상'에 있어서는 안전해 보였다. 네트가 있기 때문이다.

죄송스럽지만 부모님에게 말을 건넸다.

"테니스 한번 해보고 싶어요."

그제야 부모님의 안색에서 삶의 희망이 꽃피었다.

'기대'라는 것 또한 생기기 시작했다.

다행히 영석은 천성적으로 테니스 선수였다.

모든 능력이 테니스에 특화되어 있었다.

몇 번 익숙해지는 과정을 겪더니 덜커덕 우승을 차지해 버리고, 국가 대표 자리도 손쉽게 따냈다. 그러더니 윔블던이니 US 오픈이니 하는 곳에서 상대를 압도하며 우승컵을 들어 올렸다.

패럴림픽 또한 영석의 독무대였다. 무려 2연패. 기간으로 치면 8년 내내 세계 정상을 차지한 것이다.

―진흙 속에서 핀 꽃이 아름다운 법.

하얗게 새어버린 머리칼을 되돌릴 순 없었지만, 부친 이현우도 웃음을 내비쳤다.

영석의 수발을 드느라 관절이 다 망가진 모친 한민지는 단 한 경기도 허투루 하지 않고 다 따라다녔다.

뉴스에도 나오고, 다큐멘터리에도 출연하고… 그야말로 인생의 황금기를 구가하게 된 것이다.

'일반인'이 아니라는 자격지심 덕분에 마음속에 큰 병을 앓았던 것 빼면, 그러니까, 영석 본인만 제외하면 모든 것이 행복해 보이는 시절이었다.

퍽.

퍽.

가엾게 유지되던 행복은 두 개의 벽돌로 인해 산산이 부서졌다.

번쩍!!

"윽!!"

벽돌을 맞은 것을 기점으로 악몽이 끝나고, 영석은 번쩍 눈을 떴다.

"내 다리……."

습관처럼 다리를 쿡쿡 찔러본 영석은 알싸한 고통에 안도를 하고 다시 철푸덕 누웠다.

'괜찮아…….'

빈손으로 뒤통수를 쓸어봤지만, 끈적한 혈액은 없었다.

　　　　　*　　　　　*　　　　　*

　며칠이 또 금세 흘렀다.

　여전히 응급 현장의 여운은 짙게 남았지만, 영석은 그럭저럭 재활 치료를 이어나갈 수 있다.

　"대단하네요."

　치료를 받다 말고 흠뻑 젖은 셔츠를 훌러덩 벗어버린 영석은 수건으로 몸을 닦으면서 이창진의 감탄에 답했다.

　"뭐가요?"

　"의지도 그렇거니와, 영석 선수의 몸 말이에요, 몸."

　이창진은 손가락과 손바닥을 이용해 영석의 전신 곳곳을 짚었다.

　"팔꿈치랑 어깨는 이미 다 회복됐어요. 허리는 말할 것도 없고요. 뭐, 원래 부상 정도가 크지 않았던 부위기도 하니까… 그리고 중요한 햄스트링과 종아리도 차도가 아주 **빠릅**니다. 저는 완전한 회복까지 앞으로 반년 정도를 예상했었는데… 이 정도라면 그 안에도 끝날 것 같군요."

　"그래요? 그래도 전문가이신 이 선생님이 반년 예상하신 거면, 그 계획대로 치료하는 게 좋을 것 같아요. 서두르고 싶지는 않거든요."

　너무나 침착한 영석의 태도에 이창진이 빤히 영석의 눈을 응시했다.

　답답함? 물론 있다. 그로 인한 분노 또한 엿보인다. 하지만 그 모든 것을 누를 정도의 야망이 꿈틀거렸다.

'더 큰 성과를 위해 웅크릴 때는 확실히 웅크린다… 라.'

말은 쉽지만, 초조해지기 십상인 상황에서도 침착함을 유지할 수 있다는 건 그릇이 큰 선수라는 것을 입증하는 것이다. 그리고 가장 중요한 '몸' 또한 드높은 정신에 걸맞은 수준이다.

"그럼 다시 시작할까요? 아, 옷은 입어주세요. 여성 환자분들이 자꾸 힐끗거리니까요. 집중 못 하면 바로 부상이거든요."

"하하… 네. 그래야죠."

이창진의 넉살에 실소를 터뜨린 영석이 다시 자세를 잡고 단순한 동작을 반복하기 시작했다.

＊　　　　＊　　　　＊

"이모……."

오늘도 어김없이 초췌한 모습을 드러낸 영애가 진찰을 하다 말고 영석의 질문에 답했다. 빙긋 웃는 웃음이 자연스럽다.

"왜? 어째 진희 라켓 사달라고 말 꺼낼 때랑 분위기가 비슷한데?"

찔끔.

내심 찔린 영석이 힘들게 입을 열었다.

"그때 그 아이 있잖아요. 구급차로 이송된……."

"글쎄……. 하루에도 몇 번씩 오는 게 응급 환자인데 그렇게 말하면 내가 어떻게 알……."

"다리요. 왼다리에 차체가 박힌 아이."

영애의 몸이 순간 굳었다. 그러나 긴장도 잠시 영애는 다시 여유를 가지고 대화를 이었다.

"응, 그 환자……. 응. 그래. 뭐가 알고 싶은 건데? 얘기해 줄 수 없는 부분이 훨씬 많다는 건 잘 알고 있지?"

"아무렴요."

실제론 몰랐지만, 영애의 말에 후다닥 답한 영석이 필사적으로 머리를 굴렸다.

"절단… 했나요, 역시?"

"……."

"아, 안 알려주셔도 돼요. 그냥 자꾸 눈에 밟혀서……."

"잘랐어."

영애의 말이 칼처럼 단호하다.

그 기세가 영석에게 향하지 않았을 뿐, 영애는 시린 마음을 분노로 다스렸다.

"손상이 심해서 봉합으로 해결되지 않았고… 그렇게 되면 자르는 수밖에."

금방이라도 눈물을 떨굴 것 같은 얼굴로 말을 마친 영애가 고개를 푹 수그렸다.

"하아……."

"……."

진료실은 무겁게 가라앉은 공기로 가득했다.

끝끝내 눈물을 흘리지 않은 영애가 영석의 몸을 점검하고는 머리를 거칠게 쓰다듬었다.

"얼른 나아, 이 녀석아. 이모도 얼른 윔블던 우승컵 들어보자."

"이모라면 몇 개든 달라고 하셔도 드릴 수 있어요. 아직은 없지만."

"…그래."

씨익 웃는 영애의 얼굴이 씁쓸하다.

$$*　　　　*　　　　*$$

"끝났냐?"

오늘도 무심한 얼굴로 영석의 뒤로 선 채 휠체어를 미는 최영태가 물었다.

목발로 다녀도 무방하지만, 집까지는 최영태가 수발을 했다.

"네. 기분도 꿀꿀한데 오늘은 집에서 영상 자료라도 봐야겠어요."

플로리다, TAOF에서의 영상 자료다. 몇 년 치가 쌓이다 보니 제법 용량이 커서 그거 보는 것만으로도 한 세월이다. 영석은 부상 이후로 매일매일 챙겨 봤다. 심지어 진희의 것까지 모두.

사실 기분 따위야 일정에 영향을 못 준다.

"그러든지."

최영태의 무심한 반응에 영석은 풀썩 웃고는 휠체어에 몸을 맡겼다.

누가 밀어주는 것보다 본인이 움직이는 게 더 쉽고 빨랐지만, 하루도 빠짐없이 정성껏 자신을 수발하는 최영태의 마음을 알기에 가만뒀다.

끼릭, 끼릭.

질이 좋지 않은 휠체어는 끊임없이 소음을 내었다.

그 소음은 영석에게 익숙한 리듬으로 다가왔다. 한참을 그렇게 갔을까…….

영석은 다시 묘한 기분에 사로잡혔다.

일종의 '예감'이었다.

그리고 그 예감은 병동 코너에서 빠져나온 두 형체를 보자 온몸을 떨어 울려 경고를 하더니 꽁지를 빼며 사라졌다.

"……!!!"

끼릭…….

끼릭…….

두 형체 중 보호자로 보이는 여자가 휠체어를 틀었다.

휠체어에 앉은 형체가 영석과 마주했다.

아이, 그 아이다.

눈 밑이 새까맣게 물들어 파리한 안색을 보이는 아이는 혼이 없는 반시체였다.

하지만 영석은 그런 걸로 놀라지 않았다. 아이가 누구인지 알게 됐기 때문에 심장이 덜컥 멈춘 것이다.

휠체어에 앉은 모양을 보니 생각났다.

도대체 왜 바로 생각이 안 났는지 어이가 없을 정도로 커다란 사실이었다.

"태, 태수야……."

＊　　　　＊　　　　＊

스윽.

"야! 뭐 하는 거야!"

최영태의 고함이 쩌렁쩌렁 병동을 울렸다.

하지만 휠체어에서 벌떡 일어난 영석은 고통스러웠는지, 휠체어에 한번 주저앉더니 다시 일어나서 최영태의 고함을 귓등으로도 듣지 않고 다리를 질질 끌며 아이를 향해 걸었다.

"윽……."

풀썩.

급하게 힘을 끌어 올려서일까.

찌릿하며 하반신에서 울린 고통이 허리까지 도달하자, 힘이 풀린 영석이 주저앉았다.

하지만 영석은 기기 시작했다. 혼이 나간 것처럼 보였다.

스윽, 스윽.

바지가 바닥을 스치는 소리만 남고 모든 소리가 삽시간에 사라졌다.

아이를 향해 조금씩 기어가는 영석은 다시 일어났다. 찌릿하는 고통이 찾아왔지만, 무시했다.

저벅저벅.

아이의 보호자가 떨리는 눈으로 아이의 앞을 가로막더니 악다구니를 썼다.

"여기요!! 도와줘요!!"

절박한 비명에 진료실이 벌컥벌컥 열리며 의사며 간호사며 다 복도로 쏟아져 나왔다.

응급 상황이 발생한 줄 알았던 의료진은 그것이 아님에 가볍게 안도하는 한편, 슥슥 걸음을 옮기는 영석을 보며 어쩔 줄을 몰라 했다.

재활 병동에서 이영석을 모르는 사람은 없었다.

대단한 유망주라는 것이 첫 번째 이유였고, 과도할 정도로 열심히 치료를 받는 모습이 두 번째 이유였다. 오죽했으면, 물리치료사들이 이창진을 부러워할 정도였으니 말이다.

하지만 그건 그거, 이건 이거다.

지금의 영석은 분명 정상적인 상황이 아닌 것으로 보였다.

"이영석 선수. 무슨 일입니까… 억!"

홱!

영석의 팔을 조심스럽게 잡은 물리치료사 한 명이 말을 걸었지만, 영석이 팔을 한번 털어내자 주르륵 밀려났다.

"막아!!"

그 뒤로도 영석을 제지하려는 시도가 있었지만, 영석이 파리 쫓듯 가볍게 손을 놀리자 모두 나가떨어졌다. 제정신이 아닌 만큼, 몸도 정상적인 상황이 아니었다.

덜컥.

최영태가 뒤에서 영석의 허리를 끌어안았다.

그제야 잠시 동안이지만, 영석의 걸음이 멈췄다.

그 순간, 최영태는 영석이 다칠 것을 우려해서 다리를 걸어 함께 쓰러졌다. 본인의 몸 위로 영석이 넘어지게 한 것이다.

쾅!!

…끼릭.

그러자 이번엔 아이가 휠체어를 조작해서 영석에게로 다가 왔다.

쓰러진 영석과 최영태의 근처까지 온 아이가 물끄러미 그 둘 을 바라봤다.

영석은 그 시선을 마주하자 아드레날린이 활화산처럼 솟구 치는 것을 느꼈다.

"태수야."

자신의 이름이 불리자 아이의 눈에 이채가 돌았다.

"…누구세요?"

"……."

해를 끼치지 않을 것 같은 분위기였지만, 주변의 모두는 언 제든지 영석에게 몸을 날릴 준비를 했다.

스윽.

영석이 손을 올리자 모두 움찔했다.

"그만……."

"…아프지?"

보호자의 비명이 나올 찰나, 영석은 최영태의 팔을 풀어내더 니 태수의 손을 꼭 쥐고 물었다.

나지막한 음성엔 슬픔이 절절하게 배어 있어 모두의 심장을 찔렀다. 대기에 가득한 흥분과 긴장이 일순간에 사라졌다. 연극 같은 상황이 펼쳐졌다.

"……."

아이의 눈에 생기가 돌더니 눈물이 방울지기 시작했다.

또르르.

하지만 눈물은 영석의 눈에서 먼저 시작됐다.

그 한 줄기의 지류(支流)를 지켜본 아이의 눈에서 급작스러운 폭포수가 쏟아져 나왔다.

"으헝……."

아이는 그렇게 오열하며 난생처음 보는 사람의 품에 안겨 눈물을 쏟아냈다.

"……."

영석은 말없이 아이의 등을 쓰다듬어 줬고, 주변의 모두는 그 광경을 멍하니 바라만 봤다.

*　　　　*　　　　*

"경솔했어."

목에 핏대를 세우며 바락바락 악을 쓰는 보호자와 눈물을 멈추지 않는 아이를 간신히 안정시킨 후에 영애는 영석을 자신의 진료실로 데리고 와 엄하게 혼을 냈다.

"…죄송해요."

영석은 아직도 눈에 초점이 잡히지 않은 상태다.

'태수, 설마 그 태수였다니……'

연습에서 한 포인트를 놓쳤다고 입술을 찰흙처럼 짓이기며 분노를 표시한 태수, 코트에서 마음을 다스리는 법엔 조금 미숙함을 보였지만, 그 어떤 후배보다도 다정다감해서 함께 술잔을 기울인 밤이 셀 수 없었던 태수, 영석의 은퇴 후, 국가 대표 주장으로 부임할 예정이었던 태수…….

"난 네가 일으킨 소동에 대해 말하려는 게 아니야. 프로는 자신의 몸을 그렇게 다루면 안 되는 거야. 애써 네 재활을 도운 이창진 선생에게도 굉장히 실례되는 일이고. 충분히 알 만한 사람이 왜 그랬어."

"……"

영석은 묵묵부답이었다.

한 귀로 영애의 목소리가 꽂히지만, 머릿속은 온통 태수 생각뿐이었다.

"다행히도 아주 심하게 덧나진 않았어."

"…네."

영석의 눈에 다시 물이 고이다니 주르륵 흘렀다.

'과거로 와도… 넌 다시……'

진희는 구했다.

하지만 태수는 구하지 못했다.

구하기는커녕 다리가 숨뺑 잘릴 처지였는데 물끄러미 바라만 봤다. 구할 수 있는 기회조차 없었지만 말이다.

그 차이가 영석의 마음을 갉아먹는다. 심장에 하얀 불을 붙인다.

"…휴."

영석이 흘리는 눈물에 영애가 크게 한숨을 쉬고 말한다.

영석의 눈물에 분노가 씻겨 간 듯, 목소리가 평온했다.

"일단, 오늘은 집에 가. 보호자한텐 내가 설명 잘해줄게."

"감… 사해요, 이… 모."

필요 이상의 죄악감과 죄책감이 영석의 정신을 쏙 빼놓았다.

그 처량한 모습을 본 영애는 가볍게 영석을 안고는 등을 쓰다듬었다.

"그래그래… 괜찮아."

눈이 퉁퉁 부어 나온 영석을 물끄러미 바라보는 최영태의 표정이 기묘하다.

몇 번이고 입을 움찔하더니 고작 하는 말은 이것이었다.

"…가자."

담백하고, 속이 깊은 배려를 느낄 여유가 없는 영석은 고개를 푹 수그리고 얌전히 휠체어에 올랐다.

＊　　　　＊　　　　＊

일대 사건이 발생한 다음 날.

영석은 자신을 보며 수군거리는 재활의학과 병동에서 꿋꿋이 재활 치료를 위해 움직였다.

이창진은 아무것도 묻지 않았다. 그저 자신의 소임을 다할 뿐이었다.

"셋… 둘… 하나……!"

구호에 맞춰 동작을 취하던 영석의 눈이 커졌다.

"……!!"

태수.

태수가 재활치료실에 등장한 것이다.

꽈악.

절로 손에 힘이 들어갔다.

'으윽.'

영석의 손을 맞잡고 있던 이창진이 얼굴을 일그러뜨렸다.

"태수가 왜……?"

영석이 시선을 멍하게 던지며 물었다.

대답하는 이창진은 고통 때문인지, 빠르게 답했다.

"…앞으로 의족을 달기로 결정했답니다. 앞으로 몇 주 뒤면 재활을 시작할 건데, 그전에 재활 프로그램에 대한 설명을 듣고자… 큭."

까드득, 까득.

그대로 가루가 되는 건 아닐까 걱정하던 이창진을 구해준 건 예의 날 선 목소리다.

"저 사람! 왜 여기 있는 거예요?"

보호자인 중년 여성이 비명을 지른다.

주변의 물리치료사가 가서 설명을 시작했지만, 고성은 줄어 들 기미가 보이지 않았다.

하지만,

끼익. 끼익―

태수가 휠체어를 자발적으로 끌고 영석에게 향했다.

순간, 재활치료실의 모든 소음이 사라졌다.

끼익.

"……."

마침내 자신의 앞까지 온 태수를 보며, 영석은 할 말을 찾기 위해 애를 썼다. 하지만 대화의 포문은 태수가 먼저였다.

"형은… 뭐 하는 사람이에요? 휠체어 타던데… 저처럼 다리 다친 거예요?"

한바탕 눈물을 쏟아낸 탓일까, 뿌연 안개가 걷힌 태수의 눈 은 반짝였다.

반대로 영석의 눈은 뿌옇게 안개가 끼었다.

"…운동선수. 다리 다쳤지."

"무슨 운동이요?"

태수가 힐긋 영석의 다리를 보며 물었다.

자신과 같은 환자, 하지만 자신과 다르게 다리가 붙어 있는 사람을 본 심정이 어떨까. 영석은 알 길이 없었다. 그저 질문에 대답할 뿐이다.

"테니스."

"테니스? 난 축구 선수예요."

태수가 말을 마치자 보호자가 풀썩 주저앉아 오열하기 시작했다. 태수는 제 어미의 눈물을 보지 못한 탓인지, 제법 의연하게 말했다.

"나 유명해요. 우리 학교에서 축구 제일 잘해요. 저번엔 혼자 네 골도 넣었어요."

"…대단한데?"

영석이 서른 살 때도 들었고, 이십 대 후반 때도 들었던 얘기.

태수는 술이 조금 들어가면 늘 초등학생 때의 얘기를 했었다. 그것이 태수를 사람답게 만들었던 추억이자, 희망이었다.

지금의 태수는 열두어 살 정도 됐을까, 아직은 애기 티를 못 벗은 아이다.

가슴을 한껏 내밀며 자화자찬을 하는 것조차 귀엽다.

하지만 그 따스한 공기는 일순 사라졌다. 그리고 자리 잡은 것은 일그러진 슬픔.

"그런데… 이제 다리… 없어요."

"……"

맑고 고운 아이의 목소리가 가녀리게 떨린다.

순간, 영석의 시야에 아무것도 잡히지 않았다.

뿌옇게 차오른 안개가 구름이 되고, 구름은 비가 되었다.

비는 바람과 합세해, 흩날렸다.

"나… 이제 어떡해요?"

떨리는 눈동자엔 절박함이,

경련하는 눈가엔 분노가,

갈피를 못 잡는 동공엔… 혼란스러움이 가득했다.

"형. 아파요, 아파. 간지럽고 아파요…….."

혹.

태수는 앉은 자리에서 버둥거리기 시작했다.

그리고 있을 리 없는 다리를, 허벅지 밑으로 펄럭이는 바지를 붙잡고 긁는 시늉을 했다.

그 괴기하고 슬픈 모습에 주변의 모두가 고개를 돌렸다.

"……"

태수의 동공이 끊임없이 수축하고 이완한다. 정신적으로 패닉에 빠진 것이다.

자신의 상황을 이해하지 못한 것이다. 알고 싶지 않은 것이다. 그 모든 것이 지금의 행동으로 대변됐다.

하지만 그 미세하고 어린 변화는 영석만 알 수 있었다.

와락.

영석이 참지 못하고 태수를 안았다.

격정적이지만, 행여나 아픔을 느낄까, 조심스레 안는다.

"……"

어린 태수의 모습에서 자신의 흔적을 느껴서일까.

영석은 선부른 위로를 전하지 못했다.

그저 안는 것, 그것만으로 애타는 마음을 전달하고 싶었다.

\*　　　　\*　　　　\*

"그 아이, 후원할 거예요."

"뭐?"

영석은 영애에게 자신의 의지를 피력했다.

'멍청했어……. 뭐? 상금의 25% 기부? 택도 없는 소리…….'

일전에 강춘수와 나눈 얘기를 상기하며 영석은 스스로를 자책했다.

'태수뿐만이 아니야. 승민이, 해창이, 재호, 현석이… 그 아이들은?'

후배들은 그들이 전부가 아니다. 국가 대표 시절 몇 년을 함께 지내며 운동했던 십수 명의 후배들이 아련하게 떠오른다.

'모른 체할 수 없다.'

영석은 자신의 경우를 떠올렸다.

돈?

그런 건 돈 많은 집안 자제였던 영석에겐 아무런 쓸모도 없는 것이었다.

정말 필요한 건 '목적'이다.

목적이 없는 장애인의 삶은 꽤나 정적이다. 세계가 정지한 것처럼.

의족을 달든, 뭘 하든… 정적인 삶을 동적으로 바꿔야 한다.

본인이 원하지 않는다? 오지랖이다?

아니, 그들도 백이면 백 현실을 바꾸고 싶어 한다.

다만 계기가 없을 뿐이다. 최소한 영석이 알고 있는 선수들은 그랬다.

"우선, 계획을 짜야죠. 일이 년으로 안 될 일이니⋯ 한두 푼 들 일도 아니고요."

영석은 혼잣말처럼 중얼거리더니 영애의 책상에서 펜과 종이를 발견하고는 물었다.

"저거 잠시 빌려도 될까요?"

계획을 짜는 것, 해답을 찾는 것.

모두 영석의 특기다.

✻      ✻      ✻

"자, 오늘 분량 끝입니다. 수고하셨습니다."

"이 선생님도 수고하셨어요."

두 남자가 씨익 웃으며 악수를 나눈다.

"이제 티비로 소식을 접하겠네요."

이창진이 아쉽다는 어조로 말한다.

"무슨 말씀이세요. 언제 또 신세 질지 모르고⋯ 자주 올 겁니다."

영석이 답했지만, 이창진은 인사치레라고 생각하는 표정이다.

"형, 오늘 나갈 거야? 이젠 안 와?"

치료를 받는 몇 주 동안 친해진 태수가 옆에서 묻는다.

영석과 얘기를 나누면 나눌수록 신기하게도 태수는 정신적인 고통을 빠르게 벗겨냈다.

상상도 못 할 상실감이 온데간데없이 사라지고, 활기가 가득했다.

태수도, 영석도, 보호자도, 의료진도… 모두 이유를 몰랐다.

그래서 태수의 모친은 최악의 첫 대면에도 불구하고 병원에서만큼은 태수를 영석에게 맡길 수밖에 없었다.

영석은 태수의 하체를 살짝 훑어봤다.

텅 빈 천 쪼가리가 홀렁거린다.

'다리가 있었어도 못 걸었던 나, 다리가 없어 걸을 수 없는 너… 조금만 기다려라. 내가 날개를 달아주마.'

"안 오긴… 너 보러 자주 올 거야. 아참, 그리고 오늘 외출하는 거 알지? 어머님한텐 얘기했니?"

"응!"

활기찬 태수의 말에 영석이 머리를 긁적였다.

태수가 조르고 졸라 획득한 것, 그것은 바로 '영석이 테니스 하는 모습을 보는 것'이었다.


            *          *          *


휘익, 펑!!

오랜만에 휘두르는 라켓은 깃털처럼 가벼웠다.

다리 또한 어떻게 움직여도 고통을 느끼지 않았다.

오히려 쉬면서 재활 치료를 하다 보니 몸이 두꺼워졌다. 근육이 여기저기에 많이 붙은 것이다.

'다시 다 빼야겠지만.'

테니스 선수에게 불필요한 근육만큼 괴로운 것은 흔치 않다. 유연성은 떨어지고, 몸은 무거워지며 발까지 느려진다. 자신의 몸이 감당할 수 없는 근육은 좋을 것 하나 없는 계륵(鷄肋)이다.

"또!"

영석과 공을 주고받던 최영태가 고성을 지르며 랠리를 멈췄다. 조금이라도 영석이 무리하는 감이 있으면 그 즉시 움직임을 멈추고 구박을 하는 것이다.

목소리가 메아리쳐서 실내를 웅웅 울렸다.

"죄송해요. 주의할게요."

헤실 웃은 영석이 반짝반짝 눈을 빛냈다.

'재밌어!'

사실은 체력부터 다시 다져야 하는 것이 맞다.

공은 만질 생각도 말고, 최소한 몇 달은 다시 육체 개조에 들어가야 하는 게 맞다.

태수의 청이 아니었다면 영석 스스로는 물론이고, 최영태 또한 허락지 않았을 일이다.

'너무 재밌어.'

그럼에도 공을 치는 것은 신났다. 라켓의 스위트스폿(공이 가장 효과적으로 쳐지는 한가운데 부분)에 공이 '물컹' 하고 닿는다. 휘익 부드럽게 팔을 휘두르면 공이 스트링을 출렁거리게 하며 반대편으로 쏟아져 나간다.

시쳇말로 '손맛이 쩔었'다.

"우와……."

태수는 휠체어에 앉아 연신 감탄을 내질렀다.

당장에라도 몸을 일으킬 것처럼 들썩이는 게, 얼마만큼의 흥미를 느끼고 있는지 알 수 있는 척도가 됐다.

개인이 운영하는 실내 코트장을 통째로 빌렸기 때문에 이런 태수의 방정을 제지할 사람은 아무도 없었다.

"엄마! 나도 해볼래!"

태수가 천진하게 열망을 표현하자, 태수의 모친은 눈물을 글썽였다.

날카로운 모습을 자주 보였지만, 태수의 변화는 그녀를 다시 '어머니'로 되돌렸다.

"그래. 길게 하면 안 돼. 몇 번만 해보는 거다."

"응!!"

*　　　　*　　　　*

안 돼, 돼, 안 돼, 돼.

영석과의 몇 번의 실랑이 끝에 태수는 라켓을 쥐고 코트에 들어왔다.

끼릭, 끼릭—

"알았지? 그냥 거기에서 팔만 휘두르면 되는 거야."

영석이 최후의 염려를 표했다.

태수는 걱정하지 말라는 듯 고개를 끄덕였다.

획.

퉁.

네트 너머 영석이 손으로 던져준 공이 바닥에 한 번 퉁기고 올라왔다.

"으아앗!"

틱.

철럭.

악다구니를 쓰며 있는 힘껏 팔을 휘두른 태수의 스윙에 공이 제대로 맞을 리 없었다.

라켓 테두리에 살짝 스친 공이 네트에 꼬라박혔다. 얼마나 힘을 줘서 휘둘렀는지 태수가 제힘을 못 이기고 균형을 잃더니 휠체어가 기우뚱거렸다.

급하게 네트를 넘어온 영석이 태수를 살펴봤지만, 태수는 헤실헤실 웃고만 있었다.

순식간에 달려와 어느새 태수의 뒤편에 자리 잡은 최영태도 식은땀을 훔쳤다.

"자, 괜찮지? 다시 가르쳐 줄게."

영석이 태수의 자세를 교정해 줬다.

"아까 말했지? 몸에 힘 빼고 그냥 공에 라켓을 대면 돼."

"응!"

필연적으로 하반신에 신경을 씀으로써 조절하는 것이 가능한 '무게중심' 같은 건 설명할 수 없었다.

살짝 한숨을 쉰 영석이 다시 네트 너머에 섰다.

휙.

퉁.

다시 바운드되어 얌전한 먹잇감의 모습을 한 공이 태수의 눈에 아른거렸다.

후우웅.

팡!

영석의 설명을 들은 태수는 라켓을 천천히 휘둘러 공에 '갖다 댔'다.

신기하게도 공은 아까보다 훨씬 힘 있게 쭉쭉 뻗어갔다.

"나이스 샷!"

영석이 엄지를 치켜들었다.

태수가 마주 보며 빙긋 웃었다.

『그랜드슬램』 4권에 계속…

## 1. 오스트레일리아 오픈(Australian Open), 혹은 호주 오픈

　－역사

오스트레일리아 오픈은 옛 오스트레일리아 론 테니스 협회(Lawn Tennis Association of Australia)의 후신인 테니스 오스트레일리아에서 주관합니다.

제1회 대회는 1905년 멜버른 세인트킬더로드에 있는 웨어하우스맨스 크리켓 경기장(Warehouseman's Cricket Ground)에서 개최되었습니다. 이 경기장은 현재는 알버트 리저브 테니스 센터(Albert Reserve Tennis Centre)가 되었습니다.

창설 당시의 대회명은 '오스트레일레시아 선수권 대회'였습니다.

프로 선수의 참가가 허용되기 시작한 1969년부터 현재와 같은 '오스트레일리아 오픈'으로 대회명이 바뀌었습니다.

오스트레일리아 오픈은 1905년부터 한동안 오스트레일리아 5개 도시와 뉴질랜드 2개 도시를 순회하며 열렸습니다. 각 도시별 대회 유치 회수는 다음과 같습니다.

멜버른 : 50회
시드니 : 17회
애들레이드 : 14회
브리즈번 : 8회
퍼스 : 3회
크라이스트처치 : 1회 (1906년)
헤이스팅스 : 1회 (1912년)

1972년부터는 개최 도시를 한 곳으로 고정하는 것으로 결정이 되었는데, 이에 따라 가장 많은 관중이 몰렸던 멜버른의 쿠용 론 테니스 클럽(Kooyong Lawn Tennis Club)이 유일한 대회 장소로 사용되게 되었습니다.

대회의 성장으로 더 많은 관중 수용 능력이 요구됨에 따라 기존의 쿠용 파크를 대체하는 멜버른 파크(과거의 Flinders Park)가 건립되어 1988년 대회부터 새로운 대회 장소로 사용되었습니다. 대회 장소의 이전은 매우 성공적이어서, 1988년 대회의 관중 수는 266,436명으로 예년에 비해 90% 증가하였다고 합니다.

─특징

오스트레일리아 오픈(Australian Open), 또는 호주 오픈은 매년 1월에 개최되는 세계 4대 메이저 테니스 대회 중 하나입니다.

메이저 대회 중 가장 일찍 열리며, 대회 장소는 빅토리아 주 멜버른에 있는 멜버른 파크입니다.

1회 대회가 열린 1905년부터 1987년까지는 잔디 코트에서 진행되다가 1988년부터 하드 코트로 코트 재질을 바꾸면서 멜버른 파크로 장소를 옮겼습니다.

다른 메이저 대회들과 마찬가지로 오스트레일리아 오픈은 남자 및 여자 단식과 남자 및 여자 복식, 혼합 복식, 그리고 주니어 및 시니어 경기 부문으로 이루어져 있습니다. 메인 코트인 로드 레이버 아레나(Rod Laver Arena)와 하이센스 아레나(Hisense Arena)는 우천이나 폭염 등 기상 상황에 따라 조절이 가능한 개폐식 지붕을 갖추고 있습니다. 2008년에 이르기까지 실내 경기가 가능한 메이저 대회는 오스트레일리아 오픈이 유일했으며, 2009년부터는 윔블던도 센터 코트에 개폐식 지붕을 설치했습니다.

한편 오스트레일리아의 여름 시즌 한가운데에 열리는 탓에 지독한 폭염으로 악명이 높은 오스트레일리아 오픈은, 선수 보호를 위해 경기 중에 기온 및 습도가 위험한 수준까지 상승하는 경우 '폭염시 특별 규정(extreme heat policy)'을 적용합니다.

## 2. 마라트 사핀(Marat Safin)

마라트 미하일로비치 사핀(Marat Mikhailovich Safin)은 전 세계 랭킹 1위였던 러시아의 은퇴한 테니스 선수입니다. 러시아의 여자 테니스 선수인 디나라 사피나의 오빠이기도 한데요, 이 두 사람은 '두 명이 모두 세계 랭킹 1위에 오른, 테니스 역사상 최초의 남매 선수'이기도 합니다.

1997년 프로에 데뷔한 사핀은 2000년 11월부터 2001년 4월까지 9주간 세계 랭킹 1위에 올랐습니다.

2000년 US 오픈 결승에서 피트 샘프라스를 꺾으면서 생애 첫 메이저 타이틀을 따냈고, 이후 2005년 호주 오픈 결승에서 레이튼 휴이트를 꺾으면서 두 번째 메이저 대회 우승을 달성했습니다. 2002년과 2006년에는 데이비스 컵에 러시아 국가 대표로 출전하여 팀의 승리를 도왔습니다.

그는 개인적으로 잔디 코트를 좋아하지 않는다는 견해를 피력한 적이 있지만, 2008년 윔블던에서 준결승에 진출하면서 러시아 출신 선수 중 최초로 윔블던 준결승에 오른 선수가 되었습니다. 2009년 9월 2일 그의 선수 생활 마지막 메이저 대회였던 US 오픈 출전 당시 그의 랭킹은 61위였습니다.

사핀의 선수 생활 마지막 대회 출전은 2009년 파리 마스터스였습니다.

티에리 아시온과의 1회전 경기에서 세 번의 매치포인트 위기 때마다 모두 서비스 에이스를 터뜨려 막아가며 접전을 벌인 끝에 결국 6 : 4, 4 : 6, 7 : 6(3)으로 승리했습니다.

이 경기에서 그는 총 24개의 에이스와 41개의 위너를 기록했습니다.

이후 2009년 11월 11일 벌어진 후안 마르틴 델 포트로와의 2회전 경기에서 1시간 56분 만에 사핀이 4 : 6, 7 : 5, 4 : 6으로 패하면서 그의 선수 생애 마지막 대회를 마감했습니다. 대회 종료 후에는 대회 센터 코트에서 그의 은퇴를 기념하는 특별 행사를 가졌습니다.

*자료의 상당 부분은 위키피디아를 참조하였습니다.

# 미러클
# 테이머

인기영 장편소설

FUSION FANTASTIC STORY

# MIRACLE
# TAMER

이계로 떨어져 최강, 최고의 테이머가 되었다.
그러나… 남은 것은 지독한 배신뿐.

배신의 끝에서 루아진은 고향, 지구로 되돌아오게 되는데……
몬스터가 출몰하기 시작한 지구!
그리고 몬스터를 길들일 수 있는 테이머 루아진!
그 둘의 조합은……?

# 『미러클 테이머』

바야흐로 시작되는
테이머 루아진과 몬스터들의 알콩달콩한
대파괴의 서사시!!

Book Publishing CHUNGEORAM

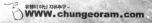

유행이 아닌 자유추구 -
WWW.chungeoram.com

이모탈 퓨전 판타지 소설
FUSION FANTASTIC STORY

# 용병들의 대지
## Road of Mercenaries

이 세계엔 3개의 성역이 존재한다.
기사들의 성역, 에퀘스.
마법사들의 성역, 바벨의 탑.
그리고… 그들의 끊임없는 견제 속에 탄생하지 못한

# 『용병들의 대지』

전쟁터의 가장 밑을 뒹굴던 하급 용병 아론은
이차원의 자신을 살해하고 최강을 노릴 힘을 가지게 된다.

그의 앞으로 찾아온 새로운 인생!
아론은 전설로만 전해지던
용병들의 대지를 실현시킬 수 있을 것인가!

Book Publishing CHUNGEORAM
WWW.chungeoram.com

FUSION FANTASTIC STORY

텀블러 장편소설

# 현대
# 천마록

천하를 호령하고, 전 무림을 통합한
일월신교의 교주 천하랑.
사람들은 그를 천마, 혹은 혈마대제라고 불렀다.

## 『현대 천마록』

무공의 끝은 불로불사가 되는 것이라 생각했지만
그로서도 자연의 섭리 앞에선 어쩔 수 없었다!

**'그렇게 많은 피를 흘렸음에도 불구하고
죽을 때가 되니 남는 것이 없군그래.'**

거듭된 고련 끝에 천하랑의 영혼이
존재하지 않게 된 그 순간
**그의 영혼은 현세에서 천마로서 눈을 뜬다!**

Book Publishing CHUNGEORAM

유행이 아닌 자유추구 -
WWW.chungeoram.com

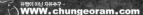